# LIMA BARRETO

## CRÔNICAS PARA JOVENS

Seleção e Prefácio
GUSTAVO HENRIQUE TUNA

global
editora

1ª Edição, Global Editora, São Paulo, 2017
1ª Reimpressão, 2021

**Jefferson L. Alves** – diretor editorial
**Gustavo Henrique Tuna** – seleção e prefácio
**Flávio Samuel** – gerente de produção
**Flavia Baggio** – coordenadora editorial
**Fernanda Bincoletto** – assistente editorial e revisão de texto
**Alice Camargo** – revisão de texto
**Eduardo Okuno** – projeto gráfico e capa

Obra atualizada conforme o
**NOVO ACORDO ORTOGRÁFICO DA LÍNGUA PORTUGUESA.**

**CIP-BRASIL. Catalogação na publicação**
**Sindicato Nacional dos Editores de Livros, RJ**

B26L

Barreto, Lima, 1881-1922
Lima Barreto : crônicas para jovens / Lima Barreto ; Seleção e Prefácio Gustavo Henrique Tuna. – 1. ed. – São Paulo : Global, 2017.

ISBN: 978-85-260-2364-2

1. Crônica brasileira. I. Tuna, Gustavo Henrique. II. Título.

17-42222 CDD:896.93
CDU:821.134.3(81)-3



**global editora e distribuidora ltda.**
Rua Pirapitingui, 111 — Liberdade
CEP 01508-020 — São Paulo — SP
Tel.: (11) 3277-7999
e-mail: global@globaleditora.com.br

globaleditora.com.br
/globaleditora
blog.globaleditora.com.br
/globaleditora
/globaleditora
/globaleditora
/globaleditora



Nº de Catálogo: **3992**

# LIMA BARRETO

CRÔNICAS PARA JOVENS

## BIOGRAFIA DO SELECIONADOR

Gustavo Henrique Tuna nasceu em Campinas, São Paulo, em 1977. É doutor em História Social pela Universidade de São Paulo e mestre em História Cultural pela Universidade Estadual de Campinas, onde defendeu em 2003 a dissertação *Viagens e viajantes em Gilberto Freyre*. É autor de *Gilberto Freyre: entre tradição & ruptura* (São Paulo: Cone Sul, 2000), premiado na categoria Ensaio do III Festival Universitário de Literatura, promovido pela Xerox do Brasil e pela revista *Livro Aberto*.

Também é autor das notas ao livro autobiográfico de Gilberto Freyre *De menino a homem* (São Paulo: Global, 2010), vencedor na categoria Biografia do Prêmio Jabuti 2011. Atualmente é responsável, como editor assistente, pelas obras de Gilberto Freyre publicadas pela Global Editora, tendo revisado as notas bibliográficas e elaborado os índices remissivos e onomásticos de cinco livros de Freyre publicados pela mesma editora: *Casa-grande & senzala*, *Sobrados e mucambos*, *Ordem e progresso*, *Nordeste* e *Insurgências e ressurgências atuais*.

## PERCURSOS DA CRÔNICA

A crônica é provavelmente o gênero literário de maior popularidade no Brasil. É o texto que traz o olhar sobre o que pouco se nota, impressões sobre eventos, situações, pessoas, crenças e hábitos que fazem parte, de algum modo, de esferas do dia a dia. Sua prosa transmite familiaridade aos leitores, proporcionando uma identificação quase natural. De curta extensão, ela cria sintonia com o cotidiano de um público amplo, em jornais e revistas.

Diante das transformações pelas quais passou, pontuar a origem da crônica não é tarefa fácil. Muitos apontam como seu berço o mundo antigo, quando Heródoto, considerado por muitos o "pai da História", já registrava acontecimentos de seu tempo e do passado. Outros, por sua vez, atribuem aos cronistas da Idade Média o nascedouro da prática da escrita de memórias.

No Brasil, a crônica se aninhou com tamanha espontaneidade que muitos afirmam ter ela se tornado um gênero tipicamente nacional. Machado de Assis, ele mesmo um grande cronista, brinca que o gênero teria nascido de um papo entre as duas primeiras vizinhas:

> Essas vizinhas, entre o jantar e a merenda, sentaram-se à porta, para debicar os sucessos do dia. Provavelmente começaram a lastimar-se do calor. Uma dizia que não pudera comer ao jantar, outra que tinha a camisa mais ensopada do que as ervas que comera. Passar das ervas às plantações do morador fronteiro, e logo às tropelias amatórias do dito morador, e ao resto, era a cousa mais fácil, natural e possível do mundo. Eis a origem da crônica.

Apesar das variações encontradas nos textos abrigados no campo da crônica, parece justo dizer que eles são fruto da terra onde são gerados, pois são tingidos pelas formas de expressão do lugar de sua concepção e suas linhas buscam em geral dar conta de aspectos e especificidades que compõem o mundo ao seu redor.

Contemporâneo de Machado de Assis, José de Alencar também mergulhou com volúpia na delícia de recompor remexendo aqui e ali o que sua mente observadora captava. "Ao correr da pena", Alencar usou e abusou da paródia e da autocrítica em suas crônicas, explorando na escrita delas os limites entre o real e o ficcional. Os jornais e as revistas, berços da crônica no país, foram aos poucos sendo cada vez mais ocupados por elas. O time de cronistas de primeira linha no Brasil prosseguiu aumentando ao longo da virada do século XIX para o XX, tempo em que sobressaem os nomes de Olavo Bilac e João do Rio. Sem medo, a crônica foi se beneficiando da fala coloquial e, assim, pavimentou seu caminho de sucesso na literatura brasileira.

Nas primeiras décadas do século XX, outros craques da crônica apareceriam com força máxima, como Lima Barreto, Eneida de Moraes e, um pouco depois, Rachel de Queiroz. Na seara do Modernismo, o público leitor presenciaria uma profusão de grandes romancistas, contistas e poetas que se revelariam exímios cronistas, como Alcântara Machado, Mário de Andrade, Manuel Bandeira e Oswald de Andrade. É preciso recordar também que Carlos Drummond de Andrade, Cecília Meireles e Vinicius de Moraes, geralmente lembrados por seus poemas, transitaram harmoniosamente por esse gênero literário.

A todos esses, foram-se juntando outros nomes que alçaram a crônica brasileira a um nível excepcional, como Stanislaw Ponte Preta (Sérgio Porto), Paulo Mendes Campos, Fernando Sabino, Otto Lara Resende, Zuenir Ventura, Marina Colasanti, Affonso Romano de Sant'Anna, Ivan Ângelo, Ignácio de Loyola Brandão, entre outros. Assistiu-se no Brasil do século XX à publicação de livros essencialmente compostos por crônicas, um fenômeno, é bom frisar, que permanece em plena atividade.

Construir uma narrativa formada por impressões a respeito de um fato do calor da hora não reside na única via disponível para se tecer uma crônica. Sua natureza aberta escancara à frente do autor um mundo de possibilidades. Abordar um acontecimento miúdo como mote para encontrar na sua essência aparente ou nos seus arredores significados que transcendem aquilo que a maioria consegue enxergar é uma alternativa. Outro itinerário ao bel-prazer do cronista é o de aproveitar o espaço que tem para narrar deliberadamente os detalhes de um mundo recriado em sua imaginação.

Talvez por ter formulado como nenhum outro uma mistura das diferentes maneiras de conceber crônicas, Rubem Braga é hoje considerado o expoente do gênero no Brasil. Suplantando o efêmero que muitas vezes sentencia o texto ao esquecimento e por meio de uma envolvente despretensão, Rubem Braga conta suas histórias como quem sopra um dente-de-leão, cujas sementes voam sem direção precisa e, mesmo assim, atingem em cheio a alma dos leitores.

Considerada durante algum tempo um gênero literário de menor relevo, a crônica brasileira superou há muito tal diagnóstico. Seus autores arrebataram e certamente continuarão arrebatando os corações e mentes de gerações de leitores, sempre interessados nos pormenores da "vida ao rés do chão", para utilizarmos a expressão que Antonio Candido cunhou ao delinear o âmago da crônica.

As crônicas do escritor carioca Lima Barreto são parte fundamental de sua vasta obra literária. O leitor deste volume poderá comprovar tal parecer ao visitar aqui textos primorosos que tocam realidades e situações testemunhadas e vivenciadas pelo autor. Neles, temos o autor escarafunchando pormenores dos habitantes, da paisagem, da vida política e de uma série de transformações que a modernidade traria para o cotidiano da cidade do Rio de Janeiro, tudo com a impetuosidade, o humor e a criticidade que distinguiram sua visão libertária da vida.

GUSTAVO HENRIQUE TUNA

# SUMÁRIO


Um cronista inquieto ........ 15

**Caminhos da nossa história ........ 21**

Maio ........ 23

O momento ........ 27

15 de Novembro ........ 29

O centenário ........ 31

**Uma cidade em mutação** ........ 33

As enchentes ........ 35

Sobre o desastre ........ 36

Megalomania ........ 39

O prefeito e o povo ........ 41

A revolta do mar ........ 44

Melhoramentos ........ 46

**Cenários suburbanos** ........ 47

A propósito ........ 49

Antolhos ........ 51

De Cascadura ao Garnier ........ 54

**A (des)graça da política** ........ 57

Os "cortes" ........ 59

Ontem e hoje ........ 61

O congraçamento ........ 63

Voto obrigatório ........ 65

O encerramento do Congresso ........ 66

Palavras dum simples ........ 69

Dissidências ........ 72

**Protesto eterno** ........ 75

Não as matem ........ 77

O "muambeiro" ........ 79

Padres e frades ........ 81

Hotel Sete de Setembro ........ 83

**A bola em jogo** ........ 85

Macaquitos ........ 87

Divertimento? ..... 89
Bendito *football* ..... 91
O *football* ..... 95
O nosso esporte ..... 96

Bibliografia do autor ..... 99
Sobre o autor ..... 101

## UM CRONISTA INQUIETO

"Eu não me canso nunca de protestar. Minha vida há de ser um protesto eterno contra todas as injustiças." Assim, nesse trecho de uma crônica de Lima Barreto escrita em 1918, podemos sintetizar aquele que foi um dos traços mais visíveis de sua trajetória, que, por caminhos diversos, pode ser relacionada com seus escritos: sua postura de inconformismo diante de situações que lhe soassem contaminadas por desigualdades.

Nascido no Rio de Janeiro em 1881, filho de um tipógrafo e de uma professora, Afonso Henriques de Lima Barreto não desfrutou de vida fácil desde pequeno. A morte precoce de sua mãe por tuberculose, quando ele tinha 6 anos, fora o primeiro infortúnio de uma vida conturbada. Apesar da condição humilde em que nasceu e cresceu, o escritor destacou-se nos estudos desde cedo, primeiro em Niterói, no Liceu Popular, e posteriormente no Ginásio Nacional e no Colégio Paula Freitas, no Rio de Janeiro. Seu ingresso na Escola Politécnica em 1897 seria posteriormente interrompido à força por conta da saúde de seu pai, afetado em 1902 por doença mental. As circunstâncias difíceis o levariam a deixar a faculdade e procurar meios para sustentar a família, o que acaba conseguindo ao ingressar em 1903 como amanuense (atividade que, entre outros afazeres, envolvia a cópia de documentos) na Secretaria da Guerra.

Enquanto negro em pleno convívio com uma elite branca, Lima Barreto tinha diante de si enormes barreiras para transpor. Numa breve passagem de 26 de dezembro de 1904 de seu *Diário íntimo*, o escritor relata sua indignação por ter sido interpelado por um soldado nos corredores da Secretaria da Guerra que lhe perguntara se ele era um contínuo, nome dado na época ao cargo de *office-boy*.

> O que é verdade na raça branca, não é extensivo ao resto; eu, mulato ou negro, como queiram, estou condenado a ser sempre tomado por contínuo. Entretanto, não me agasto, minha vida será sempre cheia desse desgosto, e ele far-me-á grande.

Assim, em meio a obstáculos, Lima Barreto prosseguia aspirando construir uma carreira literária de sucesso, um sonho que não o abandonava. Eram tempos decisivos aqueles que o país atravessava. É recomendável ter-se em mente que a trajetória do escritor se funde com um período de transições fundamentais da história brasileira: abolição da escravidão e instalação da República. Findava-se um regime político, a monarquia, que, ao lado da escravidão, marcara de forma indelével a sociedade brasileira. A nascente experiência republicana, com suas promessas de futuro e uma realidade de tropeços, foi assistida e vivida intensamente pelo escritor, que, ao longo de sua vida, teimou em não se resignar. E expressou-se de maneira extraordinária em seus romances, contos, sátiras e crônicas.

Dentre os romances de sua autoria que alçaram seu nome entre os grandes da literatura brasileira, destacam-se *Recordações do escrivão Isaías Caminha* (1909), *Triste fim de Policarpo Quaresma* (1915) e *Clara dos Anjos* (publicado após sua morte, em 1948). Neles, é visível a presença da matéria jornalística na criação de personagens e enredos. Leitor ávido de jornais e revistas de variados matizes, em seus mergulhos ficcionais Lima Barreto lançava mão não só de sua vivência pessoal pelas ruas, avenidas, lojas, bares e repartições que frequentava, como também do que os diários e semanários pautavam sobre a vida social, a economia, a cultura e a política brasileiras.

Em 1902, Lima Barreto começaria a colaborar em jornais acadêmicos e também para a revista *A Lanterna*, que ficaria conhecida por sua receptividade a artigos de cunho libertário. Colaborou também para as revistas *Careta*, *Fon-Fon!*, *O Malho* e *O Espelho*, além de um número expressivo de jornais. Ao lado do ofício na Secretaria da Guerra, Lima Barreto daria em 1905 seus primeiros passos como jornalista profissional, escrevendo reportagens para o *Correio da Manhã*. Posteriormente, escreveu para outros veículos como *A Gazeta de Notícias*, *Jornal do Comércio* e *A Noite*. Após sua aposentadoria da Secretaria, em 1918, o escritor intensificaria sua colaboração na imprensa, publicando um número expressivo de textos até seu falecimento, em 1922.

Suas crônicas indiciam sua independência de pensamento em relação aos poderes estabelecidos no país e são marcadas pela sua vontade incessante de se pronunciar a respeito das crueldades da vida cotidiana, sublinhando as injustiças sociais que atingiam as camadas mais humildes da população e zombando dos costumes de uma elite que, aos seus olhos, lhe parecia egoísta e constantemente cega às necessidades mais amplas do país.

Pode-se dizer que Lima Barreto integra o clube seleto de escritores que souberam conjugar com igual brilhantismo a imaginação e a transcendência do romancista com a pena sensível e perspicaz do cronista. Em sua curta existência de 41 anos, deixou uma extensa e influente obra literária comumente identificada como de caráter realista, uma abordagem que parece não ser mais suficiente para dar conta dela e que vem sendo complementada por outros olhares. Sua linguagem despojada seria posteriormente valorizada pelos modernistas e nos dias de hoje por alguns já considerada como modernista.

O mesmo viés crítico manejado por Lima Barreto em seus romances e contos mostra-se presente em suas crônicas. Morador de Todos os Santos durante boa parte da vida, bairro carioca cortado pela Estrada de Ferro Central do Brasil, Lima Barreto revelou com minúcia e sagacidade em suas crônicas as particularidades de dois mundos apartados. Nelas, podemos flagrar tanto sua crítica impiedosa aos desmandos dos políticos e de toda sorte de homens poderosos como também seu olhar de empatia pelos indivíduos comuns que, a duras penas, empenhavam-se para suportar a dureza de um cotidiano de trabalho pesado e tocar a vida adiante. No que toca à vida nos subúrbios, apesar das asperezas do dia a dia, Lima Barreto não deixou de flagrar em seus recantos a beleza de suas paisagens e da alma de seus habitantes.

Como já se disse aqui, seus escritos foram vincados pelo turbilhão de transformações que marcaram o país no período em que viveu. Testemunha das reformas urbanas do Rio de Janeiro empreendidas por várias administrações no início do século XX, Lima Barreto delineou com clareza os efeitos que tais intervenções tiveram sobre o meio ambiente da cidade e o cotidiano de sua população.

A presente seleção tem como premissa contemplar algumas faces importantes da produção do autor no campo da crônica. A primeira seção, intitulada "Caminhos da nossa história", reúne textos de Lima Barreto que, de forma geral, trazem suas impressões acerca dos impasses que os sucessivos governos republicanos instalados no Brasil não lograram solucionar e que se tornavam, por conta disso, feridas mais latentes quando o país era levado a celebrar datas comemorativas ligadas à sua história.

Em seguida, no bloco "Uma cidade em mutação", privilegiaremos as manifestações exaltadas do cronista acerca das transformações nas ruas, avenidas, praias, morros e construções do Rio de Janeiro, as quais, nas duas primeiras décadas do século XX, fizeram com que seus moradores desenvolvessem novas relações com um território em mudança. O segmento "Cenários suburbanos" congrega tanto os instantes de ternura que o cronista devotava à dignidade do modo de vida dos mais humildes e aos encantos simples das ruas, trilhas, estradas e vielas dos subúrbios quanto suas manifestações ácidas sobre as desigualdades que oprimiam seus habitantes.

No conjunto de textos intitulado "A (des)graça da política", nota-se o inconformismo do cronista com os subterrâneos sujos da vida política brasileira dos primeiros anos da República, composta por homens que, ao invés de trabalharem arduamente em prol do povo que representavam, privilegiavam sem pestanejar a busca pessoal por formas de enriquecimento. Na sequência, quatro crônicas agrupadas sob o título "Protesto eterno" destacam a abertura do cronista para se insurgir sem medo contra injustiças de ordem variada e violências que permeavam a vida no país.

Fechando este volume, o bloco "A bola em jogo" traz cinco textos que denotam a desconfiança de Lima Barreto em relação ao futebol, esporte que dava seus primeiros passos no Brasil, mas que já vinha, aceleradamente, arrebatando corações. Em reflexões corajosas, o cronista faz críticas contundentes aos privilégios financeiros que clubes e ligas do esporte obtinham do poder público e manifesta sua irritação diante da atmosfera de violência que acompanhava as partidas entre os times.

Em duas ocasiões de sua vida, o escritor esteve recolhido num hospício no Rio de Janeiro, internado sob o diagnóstico de alcoolismo. A proximidade de Lima Barreto com o universo da loucura deve ser apenas mais um motivo para instigar os jovens leitores a mergulharem na produção de um dos autores mais inventivos da literatura brasileira, cujo único real desatino certamente foi o de ser um escritor cronicamente inquieto.

Gustavo Henrique Tuna

CAMINHOS DA NOSSA HISTÓRIA

## MAIO

Estamos em maio, o mês das flores, o mês sagrado pela poesia. Não é sem emoção que o vejo entrar. Há em minha alma um renovamento; as ambições desabrocham de novo e, de novo, me chegam revoadas de sonhos. Nasci sob o seu signo, a 13, e creio que em sexta-feira; e, por isso, também à emoção que o mês sagrado me traz se misturam recordações da minha meninice.

Agora mesmo estou a lembrar-me que, em 1888, dias antes da data áurea, meu pai chegou em casa e disse-me: a lei da abolição vai passar no dia de teus anos. E de fato passou; e nós fomos esperar a assinatura no largo do Paço.

Na minha lembrança desses acontecimentos, o edifício do antigo paço, hoje repartição dos Telégrafos, fica muito alto, um *sky-scraper*; e lá de uma das janelas eu vejo um homem que acena para o povo.

Não me recordo bem se ele falou e não sou capaz de afirmar se era mesmo o grande Patrocínio.

Havia uma imensa multidão ansiosa, com o olhar preso às janelas do velho casarão. Afinal a lei foi assinada e, num segundo, todos aqueles milhares de pessoas o souberam. A princesa veio à janela. Foi uma ovação: palmas, acenos com lenço, vivas...

Fazia sol e o dia estava claro. Jamais, na minha vida, vi tanta alegria. Era geral, era total; e os dias que se seguiram, dias de folganças e satisfação, deram-me uma visão da vida inteiramente festa e harmonia.

Houve missa campal no Campo de São Cristóvão. Eu fui também com meu pai; mas pouco me recordo dela, a não ser lembrar-me que, ao assisti-la, me vinha aos olhos a "Primeira Missa", de Victor Meirelles. Era como se o Brasil tivesse sido descoberto outra vez... Houve o barulho de bandas de música, de bombas e girândolas, indispensável aos nossos regozijos; e houve também préstitos cívicos. Anjos despedaçando grilhões, alegorias toscas passaram lentamente pelas ruas. Construíram-se estrados para bailes populares; houve desfile de batalhões escolares e eu me lembro que vi a princesa imperial, na porta da atual Prefeitura, cercada de filhos, assistindo àquela fieira de numerosos soldados desfiar devagar. Devia ser de tarde, ao anoitecer.

Ela me parecia loura, muito loura, maternal, com um olhar doce e apiedado. Nunca mais a vi e o imperador nunca vi, mas me lembro dos seus carros, aqueles enormes carros dourados, puxados por quatro cavalos, com cocheiros montados e um criado à traseira.

Eu tinha então 7 anos e o cativeiro não me impressionava. Não lhe imaginava o horror; não conhecia a sua injustiça. Eu me recordo, nunca conheci uma pessoa escrava. Criado no Rio de Janeiro, na cidade, onde já os escravos rareavam, faltava-me o conhecimento direto da vexatória instituição, para lhe sentir bem os aspectos hediondos.

Era bom saber se a alegria que trouxe à cidade a lei da abolição foi geral pelo país. Havia de ser, porque já tinha entrado na consciência de todos a injustiça originária da escravidão.

Quando fui para o colégio, um colégio público, à rua do Resende, a alegria entre a criançada era grande. Nós não sabíamos o alcance da lei, mas a alegria ambiente nos tinha tomado.

A professora, dona Teresa Pimentel do Amaral, uma senhora muito inteligente, a quem muito deve o meu espírito, creio que nos explicou a significação da coisa; mas com aquele feitio mental de criança, só uma coisa me ficou: livre! livre!

Julgava que podíamos fazer tudo que quiséssemos; que dali em diante não havia mais limitação aos propósitos da nossa fantasia.

Parece que essa convicção era geral na meninada, porquanto um colega meu, depois de um castigo, me disse: "Vou dizer a papai que não quero voltar mais ao colégio. Não somos todos livres?"

Mas como ainda estamos longe de ser livres! Como ainda nos enleamos nas teias dos preceitos, das regras e das leis!

Dos jornais e folhetos distribuídos por aquela ocasião, eu me lembro de um pequeno jornal, publicado pelos tipógrafos da Casa Lombaerts. Estava bem impresso, tinha umas vinhetas elzevirianas, pequenos artigos e sonetos. Desses, dois eram dedicados a José do Patrocínio e o outro à princesa. Eu me lembro, foi a minha primeira emoção poética a leitura dele. Intitulava-se "Princesa e Mãe" e ainda tenho de memória um dos versos:

> Houve um tempo, senhora, há muito já passado...

São boas essas recordações; elas têm um perfume de saudade e fazem com que sintamos a eternidade do tempo.

Oh! O tempo! O inflexível tempo, que como o Amor, é também irmão da Morte, vai ceifando aspirações, tirando presunções, trazendo desalentos, e só nos deixa na alma essa saudade do passado às vezes composta de coisas fúteis, cujo relembrar, porém, traz sempre prazer.

Quanta ambição ele não mata! Primeiro são os sonhos de posição: com os dias e as horas e, a pouco e pouco, a gente vai descendo de ministro a amanuense; depois são os do Amor – oh! como se desce nesses! Os de saber, de erudição, vão caindo até ficarem reduzidos ao bondoso Larousse. Viagens... Oh! As viagens! Ficamos a fazê-las nos nossos pobres quartos, com auxílio do Baedecker e outros livros complacentes.

Obras, satisfações, glórias, tudo se esvai e se esbate. Pelos 30 anos, a gente que se julgava Shakespeare, está crente que não passa de um "Mal das Vinhas" qualquer; tenazmente, porém, ficamos a viver, esperando, esperando... o quê? O imprevisto, o que pode acontecer amanhã ou depois. Esperando os milagres do tempo e olhando o céu vazio de Deus ou deuses, mas sempre olhando para ele, como o filósofo Guyau.

Esperando, quem sabe se a sorte grande ou um tesouro oculto no quintal?

E maio volta... Há pelo ar blandícias e afagos; as coisas ligeiras têm mais poesia; os pássaros como que cantam melhor; o verde das encostas é mais macio; um forte flux de vida percorre e anima tudo...

O mês augusto e sagrado pela poesia e pela arte, jungido eternamente à marcha da Terra, volta; e os galhos da nossa alma que tinham sido amputados – os sonhos, enchem-se de brotos muito verdes, de um claro e macio verde de pelúcia, reverdecem mais uma vez, para de novo perderem as folhas, secarem, antes mesmo de chegar o tórrido dezembro.

E assim se faz a vida, com desalentos e esperanças, com recordações e saudades, com tolices e coisas sensatas, com baixezas e grandezas, à espera da morte, da doce morte, padroeira dos aflitos e desesperados...

4 de maio de 1911

## O MOMENTO

Sempre fui contra a República. Tinha 7 anos e vinha do colégio primário, do grande colégio de que me lembro sempre com ternura e cheio de saudades da minha boa professora, dona Teresa Pimentel do Amaral, quando me disseram que se havia proclamado a República.

Não tinha naqueles tempos outras cogitações que não fossem a de glória, a da grande, imensa glória, feita por mim sem favor, nem misericórdia, e vi que a tal de República, que tinha sido feita, espalhava pelas ruas soldados embalados, de carabinas em funeral.

Nunca mais a estimei, nunca mais a quis.

Sem ser monarquista, não amo a República.

João Ribeiro disse-me, certa vez, que a República era a cultura parda; pois sou como o senhor João Ribeiro; nunca houve anos no Brasil em que os pardos, os malditos do seu Haeckel, fossem mais postos à margem.

O nosso regímen atual é da mais brutal plutocracia, da mais intensa adulação aos elementos estranhos, aos capitalistas internacionais, aos agentes de negócios, aos charlatães tintos com uma sabedoria de pacotilha.

Não há entre os ricos, entre os poderosos, nenhuma generosidade; não há piedade, não há vontade, por parte deles, desejo de atenuar a sua felicidade, que é sempre uma injustiça, com a proteção aos outros, com o arrimo aos necessitados, com o fervor religioso de fazer bem.

Têm medo de ser generosos, têm medo de dar uma esmola, têm medo de ser bons.

Se a dissolução de costumes que todos anunciam como existente, há, antes dela houve a dissolução do sentimento, do imarcescível sentimento de solidariedade entre os homens.

Eu, há mais de vinte anos, vi a implantação do regímen. Vi-a com desgosto e creio que tive razão.

3 de março de 1915

## 15 DE NOVEMBRO

Escrevo esta no dia seguinte ao do aniversário da proclamação da República. Não fui à cidade e deixei-me ficar pelos arredores da casa em que moro, num subúrbio distante. Não ouvi nem sequer as salvas da pragmática; e, hoje, nem sequer li a notícia das festas comemorativas que se realizaram. Entretanto, li com tristeza a notícia da morte da Princesa Isabel. Embora eu não a julgue com o entusiasmo de panegírico dos jornais, não posso deixar de confessar que simpatizo com essa eminente senhora.

Veio, entretanto, vontade de lembrar-me o estado atual do Brasil, depois de 32 anos de República. Isso me acudiu porque topei com as palavras de compaixão do senhor Ciro de Azevedo pelo estado de miséria em que se acha o grosso da população do antigo Império Austríaco. Eu me comovi com a exposição do doutor Ciro, mas me lembrei ao mesmo tempo do aspecto da Favela, do Salgueiro e outras passagens pitorescas desta cidade.

Em seguida, lembrei-me de que o eminente senhor prefeito quer 5 mil contos para reconstrução da avenida Beira-Mar, recentemente esborrachada pelo mar.

Vi em tudo isso a República; e não sei por quê, mas vi.

Não será, pensei de mim para mim, que a República é o regímen da fachada, da ostentação, do falso brilho e luxo de *parvenu*, tendo como *repoussoir* a miséria geral? Não posso provar e não seria capaz de fazê-lo.

Saí pelas ruas do meu subúrbio longínquo a ler as folhas diárias. Lia-as, conforme o gosto antigo e roceiro, numa "venda" de que minha família é freguesa.

Quase todas elas estavam cheias de artigos e tópicos, tratando das candidaturas presidenciais. Afora o capítulo descomposturas, o mais importante era o de falsidade.

Não se discutia uma questão econômica ou política; mas um título do Código Penal.

Pois é possível que, para a escolha do chefe de uma nação, o mais importante objeto de discussão seja esse?

Voltei melancolicamente para almoçar, em casa, pensando, cá com os meus botões, como devia qualificar perfeitamente a República.

Entretanto – eu o sei bem – o 15 de Novembro é uma data gloriosa, nos fastos da nossa história, marcando um grande passo na evolução política do país.

26 de novembro de 1921

## O CENTENÁRIO

**O** que se nota, nas atuais festas comemorativas da passagem do centenário da proclamação da Independência do Brasil, é que elas se vão desenrolando completamente estranhas ao povo da cidade. O observador imparcial não vê nele nenhum entusiasmo, não lhe sente no ânimo nenhuma vibração patriótica. Se não há, na nossa pequena gente, indiferença; há, pelo menos, incompreensão pela data que se comemora. De resto, o nosso povo carioca sempre foi assim: nunca levou a sério as datas nacionais, sempre elas lhe mereceram essa atitude displicente que está tomando agora com o "Centenário", festejado tão pomposamente com bailes e banquetes.

Há um conto de humorista inglês em que faz falar um mendigo de Londres da seguinte maneira: "Sou súdito de Sua Majestade Britânica. Tenho, além das ilhas Britânicas, o Canadá, a Austrália, a Índia, a Nova Zelândia e não sei que mais terras; entretanto, visto-me com farrapos, durmo, as mais das vezes, ao relento, e passo dias sem comer. Que me vale ter nominalmente tantas terras? Nada. Antes tivesse alguns níqueis por dia."

Creio que o carioca raciocina de alguma forma parecida. Dirá ele: "Que me adianta José Bonifácio, Pedro I, Álvares Cabral, o Amazonas, o ouro de Minas, a feérica exposição, o Minas Gerais, se levo a vida a contar vinténs, para poder viver?"

Um tal estado de espírito não é favorável para entusiasmos patrióticos; ao contrário, há de trazer depauperamento e abatimento geral.

Os tempos estão bicudos; tudo está pelos olhos da cara. Um pobre chefe de família tem que pensar constantemente no dia de amanhã. Terá ele tempo de impressionar-se com festividades patrióticas em que mais predominam jogos de bola e outras futilidades do que mesmo manifestações sérias de um culto ao país e a seu passado?

O Brasil passa por uma crise curiosa que não sei como classificar. Com estas festas do "Centenário", nós vemos uma das suas manifestações. Abre-se um jornal qualquer. Páginas e páginas são ocupadas com notícias de pugnas esportivas que se destinam a consagrar a efeméride que passa. A data em si é esquecida; tudo que se pode relacionar com ela, o é também; mas o negócio de bola e de boxe ocupa o primeiro lugar.

De forma que nós não festejamos os cem anos da nossa independência política. O que nós fazemos, é transformar o Rio de Janeiro num grande campo de lutas de boxe e corrida de cavalos.

Disse no começo destas breves linhas que o povo não se associava às festas do "Centenário". Enganei-me. Às esportivas, ele se associa de bom grado. A elas, e às de luminárias e às paradas militares.

O povo saberá o parentesco que elas têm.

30 de setembro de 1922

# UMA CIDADE EM MUTAÇÃO

## AS ENCHENTES

**A**s chuvaradas de verão, quase todos os anos, causam no nosso Rio de Janeiro, inundações desastrosas.

Além da suspensão total do tráfego, com uma prejudicial interrupção das comunicações entre os vários pontos da cidade, essas inundações causam desastres pessoais lamentáveis, muitas perdas de haveres e destruição de imóveis.

De há muito que a nossa engenharia municipal se devia ter compenetrado do dever de evitar tais acidentes urbanos.

Uma arte tão ousada e quase tão perfeita, como é a engenharia, não deve julgar irresolvível tão simples problema.

O Rio de Janeiro, da Avenida, dos *squares*, dos freios elétricos, não pode estar à mercê de chuvaradas, mais ou menos violentas, para viver a sua vida integral.

Como está acontecendo atualmente, ele é função da chuva. Uma vergonha!

Não sei nada de engenharia, mas, pelo que me dizem os entendidos, o problema não é tão difícil de resolver como parece fazerem constar os engenheiros municipais, procrastinando a solução da questão.

O prefeito Passos, que tanto se interessou pelo embelezamento da cidade, descurou completamente de solucionar esse defeito do nosso Rio.

Cidade cercada de montanhas e entre montanhas, que recebe violentamente grandes precipitações atmosféricas, o seu principal defeito a vencer era esse acidente das inundações.

Infelizmente, porém, nos preocupamos muito com os aspectos externos, com as fachadas, e não com o que há de essencial nos problemas da nossa vida urbana, econômica, financeira e social.

19 de janeiro de 1915

## SOBRE O DESASTRE

Viveu uma semana a cidade sob a impressão do desastre da rua da Carioca. A impressão foi tão grande, alagou-se por todas as camadas, que temo não ter sido de tal modo profunda, pois imagino que, quando saírem à luz estas linhas, ela já se tenha apagado de todos os espíritos.

Todos procuraram explicar os motivos do desastre. Os técnicos e os profanos, os médicos e os boticários, os burocratas e os merceeiros, os motorneiros e os quitandeiros, todos tiveram uma opinião sobre a causa da tremenda catástrofe.

Uma coisa, porém, ninguém se lembrou de ver no desastre: foi a sua significação moral, ou antes, social.

Nesse atropelo em que vivemos, neste fantástico turbilhão de preocupações subalternas, poucos têm visto de que modo nós nos vamos afastando da medida, do relativo, do equilibrado, para nos atirarmos ao monstruoso, ao brutal.

O nosso gosto, que sempre teve um estalão equivalente à nossa própria pessoa, está querendo passar, sem um módulo conveniente, para o do gigante Golias ou outro qualquer de sua raça.

A brutalidade dos Estados Unidos, a sua grosseria mercantil, a sua desonestidade administrativa e o seu amor ao apressado estão nos fascinando e tirando de nós aquele pouco que nos era próprio e nos fazia bons.

O Rio é uma cidade de grande área e de população pouco densa; e, de tal modo o é, que se ir do Méier a Copacabana é uma verdadeira viagem, sem que, entretanto, não se saia da zona urbana.

De resto, a valorização dos terrenos não se há feito, a não ser em certas ruas e assim mesmo em certos trechos delas, não se há feito, dizia, de um modo tão tirânico que exigisse a construção em nesgas de chão de *sky-scrapers*.

Por que os fazem então?

É por imitação, por má e sórdida imitação dos Estados Unidos, naquilo que têm de mais estúpido – a brutalidade. Entra também um pouco de ganância, mas esta é a acoraçoada pela filosofia oficial corrente que nos ensina a imitar aquele poderoso país.

Longe de mim censurar a imitação, pois sei bem de que maneira ela é fator da civilização e do aperfeiçoamento individual, mas aprová-la *quand même* é que não posso fazer.

O Rio de Janeiro não tem necessidade de semelhantes "cabeças de porco", dessas torres babilônicas que irão enfeá-lo, e perturbar os seus lindos horizontes. Se é necessário construir algum, que só seja permitido em certas ruas com a área de chão convenientemente proporcional.

Nós não estamos, como a maior parte dos senhores de Nova York, apertados, em uma pequena ilha; nós nos podemos desenvolver para muitos quadrantes. Para que esta ambição então? Para que perturbar a majestade da nossa natureza, com a plebeia brutalidade de monstruosas construções?

Abandonemos essa vassalagem aos americanos e fiquemos nós mesmos com as nossas casas de dois ou três andares, construídas lentamente, mas que raramente matavam os seus humildes construtores.

Os inconvenientes dessas almanjarras são patentes. Além de não poderem possuir a mínima beleza, em caso de desastre, de incêndio, por exemplo, não podendo os elevadores dar vazão à sua população, as mortes hão de se multiplicar. Acresce ainda a circunstância que, sendo habitada por perto de meio a um milhar de pessoas, verdadeiras vilas, a não ser que haja uma polícia especial, elas hão de, em breve, favorecer a perpetração de crimes misteriosos.

Imploremos aos senhores capitalistas para que abandonem essas imensas construções, que irão, multiplicadas, impedir de vermos os nossos purpurinos crepúsculos do verão e os nossos profundos céus negros do inverno. As modas dos "americanos" que lá fiquem com eles; fiquemos nós com as nossas que matam menos e não ofendem muito a beleza e a natureza.

Sei bem que essas considerações são inatuais. Vou contra a corrente geral, mas creiam que isso não me amedronta. Admiro muito o imperador Juliano e, como ele, gostaria de dizer, ao morrer: "Venceste, Galileu".

20 de julho de 1917

## MEGALOMANIA

Não se abre um jornal, uma revista, um magazine, atualmente, que não topemos logo com propostas de deslumbrantes e custosos melhoramentos e obras.

São reformas santuárias na cidade; coisas fantásticas e babilônicas, jardins de semíramis, palácios de *Mil e uma noites* e outras cousas semelhantes que eles propõem sejam feitas, no mais breve espaço de tempo possível.

Houve um até que aventou a ideia do Ministério da Agricultura e a Prefeitura Municipal construírem um prado de corridas no Leblon, visto, diz a tal publicação textualmente, gastar-se tanto dinheiro em coisas inúteis.

É claro que o autor da ideia acha coisa de suma utilidade um prado de corrida e as razões que apresenta são de tal ordem que, se o artigo fosse assinado, o seu autor merecia ser lapidado pelos miseráveis e pobres que não têm um hospital para se tratar, pelos mendigos e estropiados que não possuem asilo onde se abrigar.

A função primordial dos poderes públicos, sobretudo o municipal, para o incubador de semelhante ideia, é fornecer passatempos a quem os já tem de sobra. Para ele, um prado é coisa de utilidade social, porque lá podem ser exibidas vistosas *toilettes*.

Nesse caminho, a prefeitura deve desapropriar as "montras" da rua do Ouvidor e da Avenida, para ampliá-las, embelezá-las, de forma a poder aumentar o número de bonecas de cera, vestidas a capricho.

Tudo delira e todos nós estamos atacados de megalomania. De quando em quando, dá-nos essa moléstia e nós nos esquecemos de obras vistas, de utilidade geral e social, para pensar só nesses arremedos parisienses, nessas fachadas e ilusões cenográficas.

Não há casas, entretanto queremos arrasar o morro do Castelo, tirando habitação de alguns milhares de pessoas.

Como lógica administrativa, não há cousa mais perfeita!

O mundo passa por tão profunda crise, e de tão variados aspectos, que só um cego não vê o que há nesses projetos de loucura, desafiando a miséria geral.

Remodelar o Rio! Mas como? Arrasando os morros... Mas não será mais o Rio de Janeiro; será toda outra qualquer cidade que não ele.

É caso de apelar para os ditados. Vão dous: cada louco com a sua mania; sua alma, sua palma.

28 de agosto de 1920

## O PREFEITO E O POVO

O senhor doutor Carlos Sampaio é um excelente prefeito, melhor do que ele só o senhor de Frontin. Eu sou habitante da cidade do Rio de Janeiro, e, até, nela nasci; mas, apesar disso não sinto quase a ação administrativa de Sua Excelência. Para mim, Sua Excelência é um grande prefeito, não há dúvida alguma; mas de uma cidade da Zambézia ou da Cochinchina.

Vê-se bem que a principal preocupação do atual governador do Rio de Janeiro é dividi-lo em duas cidades: uma será a europeia e a outra, a indígena.

É isto que se faz ou se fez na Índia, na China, em Java etc.; e em geral, nos países conquistados e habitados por gente mais ou menos amarela ou negra. Senão, vejamos.

Todo dia, pela manhã, quando vou dar o meu passeio filosófico e higiênico, pelos arredores da minha casa suburbana, tropeço nos caldeirões da rua principal da localidade de minha residência, rua essa que foi calçada há bem cinquenta anos, a pedregulhos respeitáveis.

Lembro-me dos silhares dos caminhos romanos e do asfalto com que a Prefeitura Municipal está cobrindo os areais desertos de Copacabana.

Por que será que ela não reserva um pouquito dos seus cuidados para essa útil rua das minhas vizinhanças, que até é caminho de defuntos para o cemitério de Inhaúma? Justos céus! Tem acontecido com estes cada coisa macabra! Nem vale a pena contar.

Penso que, nessa predileção dos prefeitos por Copacabana, há milonga; mas nada digo, porquanto tenho aconselhado aos meus vizinhos proprietários que a usem também.

Outro cuidado que me faz meditar sobre as singulares cogitações do atual prefeito, é a sua preocupação constante dos hotéis e hospedarias.

No tempo em que o senhor Calmon foi ministro da Indústria, quase se criou uma diretoria geral, na sua secretaria, para tratar de hotéis, hospedarias, albergues, pousos e quilombos; atualmente, cogita-se na criação de um Ministério de Festas, Bailes, Piqueniques, Funçonatas, Charangas e *Football*; mas essas criações são, ou serão, levadas a efeito pelo Governo Federal, cuja riqueza é ilimitada e pode arcar com as despesas respectivas e bem-empregadas na defesa da pátria.

A prefeitura, a municipalidade, porém, não tem, como ele, o privilégio de fazer dinheiro à vontade, donde se pode concluir que ela não poderá arcar com os pesados gastos de hotéis luxuosos para hospedar grossos e médios visitantes ilustres.

De resto, municipalidade supõe-se ser, segundo a origem, um governo popular que cuide de atender, em primeiro lugar, ao interesse comum dos habitantes da cidade (comuna) e favorecer o mais possível a vida da gente pobre. Esses hotéis serão para ela?

Pode-se, entretanto, admitir, a fim de justificar o amor do prefeito aos hotéis de luxo, que quer construir à custa dos nossos magros cobres; pode-se admitir que, com isso, Sua Excelência pretenda influir indiretamente no saneamento do morro da Favela.

Municipalidades de todo o mundo constroem casas populares; a nossa, construindo hotéis *chics*, espera que, à vista do exemplo, os habitantes da Favela e do Salgueiro modifiquem o estilo das suas barracas. Pode ser...

O senhor Sampaio também tem se preocupado muito com o plano de viação geral da cidade.

Quem quiser, pode ir comodamente de automóvel da Avenida a Angra dos Reis, passando por Botafogo e Copacabana; mas, ninguém será capaz de ir a cavalo do Jacaré a Irajá.

Todos os seus esforços tendem para a educação do povo nas coisas de luxo e gozo. A cidade e os seus habitantes, ele quer catitas. É bom; mas a polícia é que vai ter mais trabalho. Não havendo dinheiro em todas as algibeiras, os furtos, os roubos, as fraudes de toda a natureza hão de se multiplicar; e, só assim, uma grande parte dos cariocas terá "gimbo" para custear os esmartismos sampaínos.

A recrudescência do aparecimento de notas falsas está fornecendo um excelente pano de amostra.

Contudo, não é conveniente censurar o doutor Sampaio por isso.

O Teatro Municipal é uma demonstração de como a municipalidade pode educar o povo, muito a contento.

Construiu, ali, na Avenida, aquele luxuoso edifício que nos está por mais de 20 mil contos.

Para se ir lá, regulamentarmente, um qualquer sujeito tem que gastar, só em vestuário, dinheiro que dá para ele viver e família, durante meses; as representações que lá se dão, são em línguas que só um reduzido número de pessoas entende; entretanto, o Teatro Municipal, inclusive o seu porão pomerizado, está concorrendo fortemente para a educação dos escriturários do Méier, dos mestres de oficinas do Engenho de Dentro e dos soldados e lavadeiras da Favela.

Não se pode negar...

15 de janeiro de 1921

## A REVOLTA DO MAR

**A** última e formidável ressaca que devastou e destruiu grande parte da avenida Beira-Mar merece considerações especiais que não posso deixar de fazer. O Mar tinham os antigos como sendo um dos cinco elementos da Natureza; do Mar, afirmam os sábios modernos, veio toda a vida. É assim o Mar um deus tutelar da nossa espécie. Nós lhe devemos tudo ou quase tudo. Não fora o Mar, ainda a Terra estaria muito por conhecer; ele é o meio mais eficaz de comunicação entre os povos.

Vence-se mais facilmente a mesma distância por mar do que por terra. Desde tempos imemoriais, é o campo das grandes audácias e dos grandes audaciosos.

O Mar é um deus ou um semideus.

Como tal, tem merecido desde os tempos homéricos o louvor dos grandes poetas. Ele é a maravilha da Terra, a maior delas. Ainda agora recebo um livro de poesias – *Asas no azul* – de Mário José de Almeida – que abre com este lindo soneto sobre o monstro:

ÂNSIA DO MAR

Vibra, escachoa o oceano, brame, investe
para o amplo azul – noite e dia – não cansa
a onda que na praia se destrança
e da alvura da espuma se reveste.

Dentro do sonho, envolto na esperança
de inda atingir a placidez celeste,
o mar se arroja, torvo se abalança
nas asas colossais do sudoeste...

E parece que o mar se espraia
de praia a praia, ovante ramifica
o mesmo anelo – anseio de Himalaia.

À noite, à luz da lua que desponta
a onda em sua fala comunica
todo o queixume que a outra prata conta.

Mas, os grosseiros homens do nosso tempo, homens educados nos cafundós escusos da *city* londrina ou nos gabinetes dos banqueiros de Wall Street, onde se fomenta a miséria dos povos, não lhe quiseram ver a grandeza, o mistério e a divindade, a sua palpitação íntima. O Mar, como a vida humana, não podia deixar de ser também um bom campo às suas "cavações" ou "escavações" e trataram de explorá-lo.

De há muito que ele havia marcado os seus limites com a terra; de há muito que ele dissera a esta: o teu domínio para aí e daí não passarás.

Tais homens, porém, embotados pela sede de riquezas não perceberam bem isto; e, a pretexto de melhoramentos e embelezamentos, mas, na verdade, no intuito de auferirem gordas gratificações de banqueiros, trataram de estrangulá-lo, de aterrá-lo com lama. Diziam eles que tal faziam, para tornear belos passeios, como se o Mar por si só não fosse Beleza.

No começo, entraram por ele adentro com timidez; ele deu uns pequenos avisos de que não deveriam continuar. Os homens de negócios não viram tais avisos; não pressentiram o que eles continham, porque não entraram no mistério das Cousas. Tomaram-se de audácia e foram levando além o propósito de comprimir o mar, a fim de ganharem boas gorjetas.

O mar nada disse e deixou-os, por alguns meses, encherem-no de lama. Um belo dia, ele não se conteve. Enche-se de fúria e, em ondas formidáveis, atira para a terra a lama com que o haviam injuriado.

23 de julho de 1921

## MELHORAMENTOS

É inegável que a atual administração municipal tem muito trabalhado para a perfeição dos serviços que lhes são afetos. Haja vista o aperfeiçoamento do morro de Santo Antônio que tem inundado de lama todo o centro da cidade, a qualquer chuvarada.

Onde, porém, o digno prefeito contemporâneo se há mostrado uma capacidade em matéria de edilidade, é nos subúrbios.

Toda a gente conhece, pelo menos de nome, a estrada Real de Santa Cruz, hoje avenida Suburbana. Pois bem. Num trecho dela que enfrenta com as obras de uma fábrica que um conhecido capitalista está construindo, entre Todos os Santos e Inhaúma, a nossa municipalidade descarregou há alguns meses dezenas de "meios-fios" ou que outro nome tenham, para calçamento da mesma.

Tais pedrouços, que se destinavam a facilitar o rolamento das carroças, acabaram, graças ao esquecimento do senhor prefeito e seus auxiliares, a ser um estorvo para toda a espécie de veículos.

Admira-me que o capitalista que está construindo a tal fábrica, no fim da rua José Bonifácio, em Todos os Santos, não tenha ainda obtido do senhor Sampaio o aproveitamento de tais pedregulhos ou senão a sua remoção do local em que estão.

Poetas por poetas sejam lidos; capitalistas por capitalistas sejam... atendidos.

27 de maio de 1922

# CENÁRIOS SUBURBANOS

# A PROPÓSITO

De Botafogo, sem intermediários, as coisas finas passam aos subúrbios. Nos bondes da Jardim, não se fuma em três bancos; nos trens de subúrbios, em todo um carro de sessenta lugares. O discípulo é sempre pior do que o mestre...

Da diretoria da Central, as damas de Sapopemba e Rocha acabam de receber uma tocante homenagem: têm um carro inteiro, onde não se fuma, onde não há cheiro de carvão de pedra, onde não há poeira, macio que nem um coxim e inodoro que nem a água da fonte... Uma delícia!

Embora o Campo de Santana e o largo da Carioca tenham sido sempre os desaguadouros dos requintes da nossa vida carioca, o cumprimento da Central à população daquelas longínquas bandas não se ajusta muito com o temperamento suburbano, pelo menos não vai ao encontro dos seus ideais de bom gosto.

O subúrbio é a terra do sonho, sonho de outras vidas, sonhos de outras idades.

O subúrbio é espiritista, quando não é medieval. Se requinta, é de modo diferente de Botafogo. Este tem a visão do *boulevard*, enquanto aquele tem a dos mistérios da morte ou das justas medievais. A elegância em Todos os Santos, a suprema elegância, seria andar de mortalha, chocalhando ossos, ou senão a cavalo ajaezado e protegido, cavalo e cavaleiro, com ferragens pesadas. Ambos requintam, mas de modos diferentes.

No largo da Carioca, a gente vê um canto de Paris atual, na estação Central, Paris de 1830. Aí, as moças são vaporosas ingênuas, de olhar circunvagante; os rapazes, galantes apaixonados e impetuosos, porque no subúrbio, acima da própria sessão espírita, fica o teatro, que é quase uma arte familiar.

Pelos trens, pelas salas, só se fala naquela grandiosa língua do teatro romântico, pautando-se a vida superior pela imagem que ele encerra. É um gênero de elegância como outro qualquer, e não há razões que façam preferir uma a outra.

Eu conheci um moço, rico e fidalgo de recente nobreza, que só frequentava três salões: um em Petrópolis, outro nas Laranjeiras e o terceiro no Encantado.

Vocês não conhecem, dizia-me ele; não têm notícia do gosto que preside as *soirées* do Encantado, do imprevisto que nelas há...

Outro dia (isto ele me contou há mais de um ano), outro dia estava em delicioso flerte com uma dama, numa das salas mais chiques da rua Muriquipari, quando alguém me bateu às costas e me disse: Cavalheiro! As leis da galanteria não me permitem tratá-lo de outra forma; entretanto – louvado seja Deus! – consentem que o desafie para o campo da honra, onde a pé ou a cavalo, com lança, adaga, montante ou outra qualquer arma, disputaremos o coração desta dama bem-amada.

Soberba, continuou o meu conhecido, aquela visão de cavalaria ali, no Encantado, que ainda tresandava a Tamoio. E não foi só: o meu adversário recuou três passos, empinou-se todo e gritou: Cavalheiro, um de nós é de mais no mundo. Vim a saber que o meu contendor era amador dramático de Jacarepaguá, e que, naquele dia mesmo, tinha acabado de ensaiar um drama heroico em cinco atos.

Por essas e outras, é meu parecer que se deve dar aos subúrbios cemitérios bonitos e cortes de amor, conforme o gosto medieval.

Não se admirem; nos subúrbios, como em outra qualquer parte, o amor é irmão da morte.

1º de junho de 1907

## ANTOLHOS

Nos subúrbios, apesar da indiferença e maldade dos jornalistas, que só cuidam de coisas da cidade e de Botafogo, existem, também, tipos curiosos, mais ou menos obscuros, por essa falta de atenção, mas que, deslocados para arrabaldes mais elegantes e mais em foco, seriam objeto de crônicas e, talvez, heróis populares.

No Méier, que é o centro, temos diversos, e alguns dão margem para crônicas seguidas.

O de hoje, que, se não é o maior, entretanto é o que mais se destaca, não só pela sua inconfundível maneira de trajar como, especialmente, pela sua atitude intelectual que é ostensivamente agressiva e violenta, é o Antolhos. Ele é baixo, de rosto anguloso, lábios grossos a que uma boca sem dentes empresta um ar devorador, e com os grandes antolhos de tartaruga a sua face fica macabra e assusta.

Insatisfeito, Antolhos completa essa sua feição estranha com um traje esquisito em que predominam cores diferentes e as suas polainas brancas, a forma fúnebre de seu chapéu de abas largas e a sua gravata "arco-íris".

Antolhos fica, assim, no Méier, entre o Novidades e o camelô do Café Camões.

Esse herói, que podia viver a sua vida tranquila como funcionário público, pelo contato exterior que tem tido com os livros da "Editora", inutilizou a sua existência e, como compensação, tenta inutilizar a dos que lhe permitem a presença. Uma dessas vítimas é o autor destas linhas.

Mas vamos ao caso: há tempos, sem me conhecer, Antolhos viu-me no Café e sentiu mais uma vítima para o seu apetite intelectual. De surpresa, apesar da impropriedade da hora, a hora do café da manhã, Antolhos, que não respeita considerações, num gesto de homem ilustre, perguntou-me:

– O cavalheiro gosta de versos?

Fiz ver-lhe que nunca tinha tido essa preocupação na vida, que não entendia de semelhante coisa e que, além da minha função pública, só havia em mim a preocupação da família.

Mas Antolhos, que é difícil, insistiu:

– Pois, o meu caro não sabe o que é bom. A poesia. Grandiosa! Sublime!

Eu sempre tive, por instinto, pavor dos poetas de café, que me parecem diferentes das outras castas de intelectuais e que são mais ou menos ferozes.

Li o soneto, apavorado, e restituí-lhe convencido de que tinha cumprido o meu dever.

Mas Antolhos parece que não ficou satisfeito, porque bruscamente disse:

– Leia este poema. Não houve em mim, garanto, nenhum desejo de cometer crime ou coisa que o valha.

Li o poema. Eram duzentos versos. No fim, pois Antolhos acompanhava os meus olhos para verificar se eu cumpria a sua intimação, pediu-me a impressão.

Sou católico, obedeço às leis. Não me revoltei e disse-lhe calmo, como quem confia na polícia:

– Nenhuma. Mesmo porque não entendo e nunca me dei a esses trabalhos de inteligência.

Aí Antolhos ficou audacioso.

– Mas Petrarca, Dante...

Eu pedi-lhe piedade. Tivesse dó de mim, que tinha família.

Mas Antolhos era cruel.

– Veja este livro – disse-me, superiormente.

Segurei o livro, trêmulo.

Abri-o.

Na primeira página casavam-se, entre sonetos publicados nas revistas, sentenças e máximas de filósofos... Nas outras, frases soltas, algumas traçadas à mão, misturavam-se com listas de nomes de sábios e pensamentos arrancados de folhinhas.

E assim se sucediam as páginas desse livro que, como o tipo de Antolhos, tinha polainas, cachimbo etc.

Fiquei calmo. Li-o, inteiramente.

– Pois é isso, meu caro, estude. Faça como eu... – disse-me com escândalo e, passeando os seus antolhos por sobre o meu tipo abatido e humilhado, o monstro repetiu: – Estude. Estude, meu caro. O mundo não é para os imbecis.

E saiu, satisfeito, solene, superior.

Eu, que por princípio respeito toda a gente, desde esse dia passei a venerar Antolhos. É herói.

19 de novembro de 1921

## DE CASCADURA AO GARNIER

Embarco em Cascadura. É de manhã. O bonde se enche de moças de todas as cores com os vestuários de todas as cores. Vou ocupar o banco da frente, junto ao motorneiro. Quem é ele? É o mais popular da linha. É o "titio Arrelia" – um crioulo forte, espadaúdo, feio, mas simpático. Ele vai manobrando com as manivelas e deitando pilhérias, para um lado e para outro.

Os garotos, zombando da velocidade do veículo, trepam no bonde e dizem uma chalaça ao "titio". Ele os faz descer sem bulha nem matinada, graças a uma graçola, que sublinha, como todas as outras, com o estribilho:

– É pau!

Esse estribilho tornou-o conhecido em todo o longo trajeto desse interessante bonde que é o Cascadura. Ele percorre uma parte da cidade que até agora era completamente desconhecida. Em grande trecho, perlustra a velha estrada Real de Santa Cruz que até bem pouco vivia esquecida.

Entretanto, essa trilha lamacenta que, preguiçosamente, a Prefeitura Municipal vai melhorando, viu carruagens de reis, de príncipes e imperadores. Veio a estrada de ferro e matou-a, como diz o povo. Assim aconteceu com Inhomirim, Estrela e outros "portos" do fundo da baía. A Light, porém, com o seu bonde de "Cascadura" descobriu-a de novo e hoje, por ela toda, há um sopro de renascimento, uma palpitação de vida urbana, embora os bacorinhos, a fossar a lama, e as cabras, a pastar pelas suas margens, ainda lhes deem muito do seu primitivo ar rural de antanho.

Mas... o bonde de Cascadura corre; "titio Arrelia", manejando o controle, vai deitando pilhérias, para a direita e para a esquerda; ele já não se contenta com o tímpano; assovia como os cocheiros dos tempos dos bondes de burro; e eu vejo delinear-se uma nova e irregular cidade, por aqueles capinzais que já foram canaviais; contemplo aquelas velhas casas de fazenda que se erguem no cimo das meias-laranjas; e penso no passado.

No passado! Mas... o passado é um veneno. Fujo dele, de pensar nele e o bonde entra com toda a força na embocadura do Mangue. A usina do gás fica ali e olho aquelas chaminés, aqueles guindastes, aquele amontoado de carvão de pedra. Mais adiante, meus olhos topam com medas de manganês... E o bonde corre, mas "titio Arrelia" não diz mais pilhérias, nem assovia. Limita-se muito civilizadamente a tanger o tímpano regulamentar. Estamos em pleno Mangue, cujas palmeiras farfalham mansamente, sob um céu ingratamente nevoento. Estamos no largo de São Francisco. Desço. Penetro pela rua do Ouvidor. Onde ficou a estrada Real, com os seus bácoros, as suas cabras, os seus galos e os seus capinzais? Não sei ou esqueci-me. Entro no Garnier e logo topo um poeta, que me recita:

"Minh'alma é triste como a rola aflita" etc.

Então de novo me lembro da estrada Real, dos seus porcos, das suas cabras, dos seus galos, dos capinzais...

29 de julho de 1922

# A (DES)GRAÇA DA POLÍTICA

## OS "CORTES"

**N**os momentos em que a pátria fica a níqueis, a Câmara e o Senado, isto é, os senhores senadores e os senhores deputados, lembram-se logo de diminuir o número de funcionários públicos.

Não digo que se não possa fazê-lo; a tal respeito, não tenho opinião.

Diminuí-los ou não, mesmo que eu entre no corte, é para mim absolutamente indiferente.

Noto, porém, que as duas casas do Congresso não se lembram, de forma alguma, do que se passa nelas.

Toda a gente sabe que a Câmara e o Senado têm cada qual uma secretaria, um serviço de redação de debates, uma legião de auxiliares, de contínuos e serventes, e que esse cardume de empregados aumenta de ano para ano. Por que o Congresso não começa cortando nas respectivas secretarias, para dar o exemplo?

Nesse ponto não se toca, não se diz nada e os empregados do executivo são os mais culpados do *deficit*.

É uma verdadeira injustiça, tanto mais que os funcionários da Câmara e do Senado têm, quase sempre, além de bons ordenados legais, consideráveis gratificações, sob este ou aquele pretexto.

O povo diz que macaco não olha para o seu rabo; os parlamentares só olham para os dos outros.

Não se lembram que, de quando em quando, vão criando lugares nas suas secretarias, absolutamente desnecessários, tão somente para atender a impulsos de coração.

"*Homo sum*"...

Certamente os senhores devem saber que, antigamente, os atuais diretores de secretarias eram chamados oficiais-maiores.

Pois bem: a Câmara tem na sua secretaria um diretor, um vice-diretor ou dois, e um oficial-maior.

Não é fácil mostrar assim o rol de empregados em duplicata ou triplicata que há por lá. Os regulamentos não falam claro; é preciso combiná-los com indicações, com autorizações camarárias e é trabalho que sempre reputei e reputo enfadonho.

O *Diário Oficial* foi feito para não ser lido e o Congresso não tem mais direitos a melhores atenções.

A observação aí fica, e, enquanto ela quiser imitar qualquer das famosas "secretarias da comissão tal" legisladores extraconstitucionais e sobremodo empertigados nas suas funções, penso, dizia, que os abnegados pais da pátria devem meditar sobre o fato.

Não é só o Poder Executivo o grande plantador de sinecuras; o Legislativo colabora na plantação, na colheita; e na sua própria seara faz das suas.

Cá e lá, más fadas há; e não é a última vez que o torto ri-se do aleijado.

14 de dezembro de 1914

## ONTEM E HOJE

Como todo o Rio de Janeiro sabe, o seu centro social foi deslocado da rua do Ouvidor para a Avenida e, nesta, ele fica exatamente no ponto dos bondes do Jardim Botânico.

Lá se reúne tudo o que há de mais curioso na cidade. São as damas elegantes, os moços bonitos, os namoradores, os amantes, os *badauds*, os *camelots* e os sem-esperança.

Acrescem, para dar animação ao local, as cervejarias que há por lá, e um enorme hotel que diz comportar não sei quantos milheiros de hóspedes.

Nele moram vários parlamentares, alguns conhecidos e muitos desconhecidos. Entre aqueles está um famoso pela virulência dos seus ataques, pela sua barba nazarena, pelo seu *pince-nez* e, agora, pelo luxuoso automóvel, um dos mais *chics* da cidade.

Há cerca de quatro meses, um observador que lá se postasse, veria com espanto o ajuntamento que causava a entrada e a saída desse parlamentar.

De toda a parte, corria gente a falar com ele, a abraçá-lo, a fazer-lhe festas. Eram homens de todas as condições, de todas as roupas, de todas as raças. Vinham os encartolados, os abrilhantados, e também os pobres, os malvestidos, os necessitados de emprego.

Certa vez a aglomeração de povo foi tal que o guarda-civil de ronda compareceu, mas logo afastou-se dizendo:

– É o nosso homem.

Bem; isto é história antiga. Vejamos agora a moderna. Atualmente, o mesmo observador que lá parar, a fim de guardar fisionomias belas ou feias, alegres ou tristes e registrar gestos e atitudes, fica surpreendido com a estranha diferença que há com aspecto da chegada do mesmo deputado. Chega o seu automóvel, um automóvel de muitos contos de réis, iluminado eletricamente, motorista de fardeta, todo o veículo reluzente e orgulhoso. O homem salta. Para um pouco, olha desconfiado para um lado e para outro, levanta a cabeça para equilibrar o *pince-nez* no nariz e segue para a escusa entrada do hotel.

Ninguém lhe fala, ninguém lhe pede nada, ninguém o abraça – por quê?

Por que não mais aquele ajuntamento, aquele fervedouro de gente de há quatro meses passados?

Se ele sai e põe-se no passeio à espera do seu rico automóvel, fica isolado, sem um admirador ao lado, sem um correligionário, sem um assecla sequer. Por quê? Não sabemos, mas talvez o guarda-civil pudesse dizer:

– Ele não é mais o nosso homem.

26 de junho de 1915

## O CONGRAÇAMENTO

**A** cidade de L. era uma cidade muito pobre que vivia sempre a pedir dinheiro emprestado, usando de expedientes dignos dos mais célebres "facadistas" de rua.

Dinheiro depositado nos cofres, era dinheiro sumido e ninguém sabia para onde ele ia.

Entretanto, para servir aos interesses do chefe político Leitão, a sua municipalidade possuía um exército de funcionários e até os seus vereadores eram pagos regiamente.

Justificava-se esse pagamento pela carência absoluta de homens ricos que quisessem ocupar os lugares de edis, de modo que só os pobres concorriam a eles e precisavam do subsídio para manter-se.

Como esses pobres tivessem muitos parentes, naturalmente também pobres, os vereadores tinham necessidade de colocar os filhos, sobrinhos, primos, netos, genros etc.

Para isso, não encontravam outro caminho senão criar lugares na secretaria do conselho e o faziam com abundância e tenacidade.

A cada conselho novo correspondia nova reforma na secretaria e a criação de mais meia dúzia de oficiais, amanuenses, redatores de debates, taquígrafos etc., e de tal forma que a Câmara Municipal de L. veio a ter mais empregados na sua secretaria que o Senado e a Câmara Federais nas deles.

Lembrem-se bem de que esses dois últimos corpos legislativos não são parcimoniosos em tal assunto, embora estejam sempre dispostos a censurar a burocratomania do executivo e do judiciário.

Não havia, portanto, Câmara Municipal mais homogênea e unânime, conquanto seja da essência das assembleias a heterogeneidade de opiniões dos seus membros.

As suas sessões eram marcadas, regradas, como cenas de opereta e traíam o ensaiador, o contrarregra e outros úteis auxiliares de peças de teatro.

Aconteceu um dia que o chefe dos chefes políticos do país, uma espécie do falecido general Pinheiro Machado, veio a falecer e Leitão perdeu consequentemente todo o prestígio, pois não tinha outro senão aquele que lhe emprestava o tal chefe dos chefes.

Logo que tal fato se deu, os fabricantes de delegados do povo se insubordinaram e os vereadores de L. começaram a palpitar qual deles seria o mais poderoso. Um tratou de agradar Cunegundes; outro namorou Bernardino; um outro requestou Bertoldo; e todos brigaram entre si.

O fato é que as sessões, que eram até aí harmoniosas como as representações de óperas, passaram a ser um charivari de todos os diabos.

Houve bate-bocas terríveis e descomposturas de mercado.

Toda a gente imaginou que o diabo tinha entrado no corpo daquela gente, mas logo se soube a explicação natural da profunda desavença que surgiu entre os vereadores de L.

Aproximava-se a terminação da sessão ordinária e cada um dos edis desejava a prorrogação em extraordinária, para poderem vencer o respectivo subsídio.

Estavam todos brigados e houve temor de que o respectivo projeto não fosse aprovado.

Um mais ousado, porém, apresentou-o e, ao contrário da expectativa, a coisa passou por unanimidade.

Estava feito o congraçamento dos partidos.

18 de dezembro de 1915

## VOTO OBRIGATÓRIO

**N**ão é do meu gosto entrar em discussões de leis e outras coisas parlamentares, para as quais a Constituição me dá direito; mas que eu me abstenho de fazê-lo prudentemente.

Não acredito em leis, nem na sua eficácia. A única lei que admito são aquelas das doze tábuas, para a execução das quais não há polícia, exércitos, juízes, nem tribunais.

Entretanto, sou obrigado a representar ao Congresso contra uma disposição de lei que lá se quer votar.

Quero falar do voto obrigatório. Senhores deputados e senadores, tenham pena de mim! Eu já sou soldado obrigatório, *malgré* a Constituição. Sou medroso e tímido, como é que me posso meter em barulhos de guerra? Tenho medo de tiros de artilharia – como é que me posso manter em negócios de canhões? Não é só. Cavalo é bicho que me enche de pavor – como é que posso ser soldado de cavalaria? Vocês, senhores parlamentares, me obrigam a isto tudo, e eu suporto. Querem ainda mais?

Pois, apesar disto tudo, senhores deputados, vocês querem que eu seja obrigado a votar, para arranjar mais "encrencas" na minha vida?

Ora, bolas! Vocês não são deputados; vocês são uns demônios.

30 de outubro de 1920

## O ENCERRAMENTO DO CONGRESSO

Todos nós falamos mal dos nossos senadores e deputados; todos nós os apelidamos o mais atrozmente; mas quando o Congresso se fecha, há um vazio na nossa vida comum e nos enchemos de pavor.

Todo brasileiro nasceu mais ou menos para ser um tiranozinho em qualquer cousa, e é feito guarda-civil ou ministro da Justiça, cabo de destacamento ou chefe de polícia, guarda fiscal ou presidente da República – trata logo de pôr pessoalmente em ação a autoridade de que está investido pelo Estado místico.

Então, quando é presidente da República, é que se vê bem o que pensa sobre princípio de autoridade, um brasileiro qualquer de Uruburetama ou Perdizes, afinal de qualquer lugarejo por aí. Apossa-se dele logo um delírio cesariano e a sua autoridade que é limitada e contrabalançada, ele a transforma em ilimitada e sem peias, tal e qual a de um Tibério, a de um Nero ou a de um Calígula. Não têm nunca a marca de grandeza os seus desvarios de poder; são chatos, são medíocres; mas é que eles não são césares e nós o Império Romano.

As manifestações de sua loucura não alcançam, como em Calígula, a injúria cruel lançada às faces de todo um povo de servis; mas chegam ao grotesco de armar protocolos sisudos, cheios de parágrafos e alíneas, para regular a recepção de um vizinho qualquer.

Mas, no que eles não se deixam vencer por qualquer tirano, antigo ou moderno, é nos encarceramentos. Têm uma grande volúpia, em encarcerar, em prender, em deixar "mofar". Dão carta branca a seus beleguins e estes por sua vez procedem de acordo com a inteligência e moralidade que tiverem.

No regímen republicano, e à proporção que ele avança em anos, os processos de encarceramento e deportação se aperfeiçoam. Tivemos a ilha das Cobras; tivemos o "Satélite" – que tivemos mais?

Quando o Congresso está aberto, os governos têm medo de agir tão limpamente à moda de paxás turcos. Como que lhe têm medo; é a sua consciência. Quando, porém, ele está fechado, a fera carniceira não tem mais o chicote do domador à vista e faz o que quer.

Nesta hora sombria de angústias e apreensões, é de encher de saudades o fechamento do Congresso. Que vai ser de nós? A que vão ficar reduzidas as três liberdades primordiais à nossa existência: a individual, a de pensamento e a de imprensa?

Se o Congresso estivesse aberto as cousas não correriam assim tão facilmente. Havia debate, e, sempre, ele seria uma válvula aberta, por onde pessoas protegidas por imunidades sagradas, poderiam protestar contra as violências governamentais; mas, estando ele fechado, quem reclamará em nome das vítimas? Ninguém e a governança irá deslizando numa paz podre de vilaiete turco.

De resto, muito perdemos. Por exemplo, passar três meses, sem os discursos do senhor Chiquinho, é mesmo uma calamidade. Os seus discursos são um modelo *Dicionário de ciências morais e políticas*. É pena que fiquem assim e as suas partes não sejam condensadas para um objetivo em vista. Contudo, uma vantagem têm eles: ensinar a muitos vadios opiniões de vários autores notáveis que podem ser aproveitadas muito convenientemente, se o vadio for inteligente.

Encerrados os trabalhos parlamentares, não temos ocasião de todas as manhãs, travar conhecimento com essa singular filosofia política que é feita, a um só tempo, de economia doméstica e preceitos caseiros. Ele despreza a sabedoria livresca; é discípulo bem-amado da preta Maria que foi cozinheira de sua família paterna e entendida em quitute e política.

Temos ainda a sentir a falta das sonoridades vocais dos requintados *leaders*. – Que tipos invejáveis são esses nossos paredros! A Inglaterra já no-los quis arrebatar.

Graças a Deus, eles não se foram – como ainda não se foram para a Europa o Corcovado, o Bendengó e as múmias do Museu.

Tanta coisa boa nos dá o Congresso que não podemos deixar de lamentar essa sua falta temporária.

No seu penúltimo dia de funcionamento, houve lá dous rolos a sério – cousa que prova muito à evidência a sinceridade das opiniões dos que lá se digladiam.

Um dos rolistas foi um antigo chefe de polícia desta capital que, por sinal, não levou vantagem.

Que prova um rolo? Disse antes que provava a sinceridade das atitudes tomadas. Será verdade? Nem sempre. Por aí, mata-se muita gente por encomenda...

Seja assim ou seja assado, custe caro ou custe barato, o certo é que o Congresso nos é útil e só sentimos a sua utilidade quando ele se fecha.

14 de janeiro de 1922

## PALAVRAS DUM SIMPLES

**N**unca me meti em política, isto é, o que se chama política no Brasil. Para mim a política, conforme Bossuet, tem por fim tornar a vida cômoda e os povos felizes. Desde menino, pobre e oprimido, que vejo a "política" do Brasil ser justamente o contrário. Ela tende para tornar a vida incômoda e os povos infelizes. Todas as medidas de que os políticos lançam mão são nesse intuito.

Os prefeitos, por exemplo, desta nossa leal e heroica cidade do Rio de Janeiro, são atualmente piores que os almotacés do conde de Resende. Estes tinham direito a certo número de línguas e "mãos de vaca" das reses abatidas no matadouro; os edis de hoje mandam construir hotéis de 8 mil contos, para... hospedar estrangeiros. De forma que, no tempo de el-rei nosso senhor, as autoridades municipais se encarregavam do bem-estar do seu povo, como se dizia antigamente; hoje, porém, com a nossa democracia, essas mesmas autoridades se encarregam do bem-estar dos ricaços displicentes que vêm a passeio, cheios de dinheiro, ver bobagens de uma "exposição" de aterrado.

Por estas e outras eu sou completamente avesso a negócios de política, porque não acredito nela e muito menos nos políticos.

Ultimamente, entre nós houve uma barulheira política que quase sacudiu o país.

Pus-me de parte e tive razão. Não havia nessa agitação nada de ideal, de superior. Só admito que se morra em matéria de política quando se o faça por uma ideia que interesse um grande grupo humano. No caso não havia isto e eu, aqui e ali, levei-o de troça. E outra atitude ele não merecia. Não sei os pródromos de semelhante barulheira, mas eles devem ser muito baixos e vagabundos.

A verdade, porém, é que o observador imparcial logo concluiu que nenhum dos grupos que se digladiavam falava a verdade.

A questão versava sobre uma falsificação de cartas, atribuídas ao senhor Artur Bernardes, atualmente eleito presidente da República. Tais cartas continham insultos ao Exército e os adversários do senhor Bernardes excitaram os brios da força armada contra ele, baseados nas referidas missivas.

O intuito dos opositores à candidatura do senhor Bernardes era mover o Exército contra esta, vetá-la e, caso fosse possível, impedir a posse do mesmo senhor pela força.

Havia nisto um apelo declarado ao que se chama nas repúblicas espanholas "o pronunciamento". Toda a gente sabe que isso tem sido um flagelo, tanto para elas como para nós. O dever nosso é evitá-lo de qualquer forma. Qualquer modalidade de hipocrisia política, de que se revista o provimento deste ou daquele cargo de eleição, é melhor do que o assassinato e a violência.

Penso assim porque estou convencido de que seja Paulo, Sancho ou Martinho que governe, esta vida será sempre uma miséria.

Seria capaz de deixar-me matar, para implantar aqui o regímen maximalista; mas a favor de Fagundes ou de Brederodes não dou um pingo do meu sangue.

Tenho para mim que se deve experimentar uma "tábua rasa" no regímen social e político que nos governa; mas mudar só de nomes de governantes nada adianta para a felicidade de todos nós.

Demais, há tanta incoerência nesses políticos que nos azucrinam os ouvidos com velhos tropos quando querem satisfazer as suas ambições, que vimos, nos últimos acontecimentos, sujeitos que, não há muitos anos, se insurgiram contra a intromissão, a pressão dos militares nas causas políticas, apelarem para eles, para a sua força e o seu prestígio, a fim de tornar vencedora a própria causa.

Vimos em que deu a coisa. Ao menor sopro de "mazorca" foram todos pelos ares e eles todos debandaram, escafederam-se, deixando o chefe sozinho.

Que este fique só, não há mal nenhum. Ele é rico ou enriquecido e pode aguentar o repuxo; mas povo não deve ir atrás dessa gente.

Os pobres-diabos que se apaixonam por essas especulações de políticos é que levam o "chanfalho" da polícia e sofrem perseguições.

São causas que nós, humildes, não devemos esposar, porque elas não representam nenhum ideal elevado, nem nada de sincero e de sério.

22 de julho de 1922

## DISSIDÊNCIAS

Este caso de candidaturas que quase empolgou a opinião pública, acabou comicamente num desfecho de malandragem que tudo fazia esperar. Quem conhece os personagens que nele andaram metidos, bem sabia que tal coisa havia de acontecer. Não os movia nada de sério, nem qualquer ideal alimentava a campanha deles.

O que eles queriam, ou que eles querem, são os proventos que os altos cargos dão e, sobretudo, as vantagens que eles trazem à margem.

Seja Bernardes, seja Vertenza, associados quaisquer deles a "filadelfos" de toda a ordem, o certo é que nenhum deles quer o bem público, nem mesmo o dos seus asseclas.

O escopo deles é arranjarem-se e mais as famílias.

A tal história de "reação republicana" começou com tal ímpeto que parecia ser mesmo um movimento de opinião, dirigida com sinceridade por homens de valor e responsabilidade, contra politiqueiros obscuros, cuja única noção de política fosse aquela que se adquire nas lutas eleitorais da roça, onde predominam o assassinato, a compressão e a fraude.

Entretanto, assim não foi. No momento agudo, quando todos esperavam que tais homens levassem a luta até ao último, todos eles, sob este ou aquele pretexto, fugiram dela, deixando os seus adeptos "a ver navios".

Ora, bolas! Chefes que tais não merecem confiança. É consagrado que o comandante do navio, em caso de naufrágio, seja o último a deixar o barco; entretanto os comandantes da barcaça da dissidência não fizeram isso. Foram os primeiros a fugir.

Onde está o combate? Onde está a luta?

Está aí, em que consiste a política do Brasil; Bernardes briga com Vertenza, soltam ambos belas palavras, pelos seus jornais e pelos seus oradores, os bobos tomam partido, levam chanfalhadas da polícia, vão para o xadrez e... os chefes embarcam para a Europa. Viva a política!

5 de janeiro de 1924*

* Crônica publicada após o falecimento do autor, na referida data. (N.E.)

# PROTESTO ETERNO

## NÃO AS MATEM

Esse rapaz que, em Deodoro, quis matar a ex-noiva e suicidou-se em seguida, é um sintoma da revivescência de um sentimento que parecia ter morrido no coração dos homens: o domínio, *quand même*, sobre a mulher.

O caso não é único. Não há muito tempo, em dias de Carnaval, um rapaz atirou sobre a ex-noiva, lá pelas bandas do Estácio, matando-se em seguida. A moça com a bala na espinha veio morrer, dias após, entre sofrimentos atrozes.

Um outro, também, pelo Carnaval, ali pelas bandas do ex-futuro Hotel Monumental, que substituiu com montões de pedras o vetusto Convento da Ajuda, alvejou a sua ex-noiva e matou-a.

Todos esses senhores parece que não sabem o que é a vontade dos outros.

Eles se julgam com o direito de impor o seu amor ou o seu desejo a quem não os quer. Não sei se se julgam muito diferentes dos ladrões à mão armada; mas o certo é que estes não nos arrebatam senão o dinheiro, enquanto esses tais noivos assassinos querem tudo que é de mais sagrado em outro ente, de pistola na mão.

O ladrão ainda nos deixa com vida, se lhe passamos o dinheiro; os tais passionais, porém, nem estabelecem a alternativa: a bolsa ou a vida. Eles, não; matam logo.

Nós já tínhamos os maridos que matavam as esposas adúlteras; agora temos os noivos que matam as ex-noivas.

De resto, semelhantes cidadãos são idiotas. É de supor que, quem quer casar, deseje que a sua futura mulher venha para o tálamo conjugal com a máxima liberdade, com a melhor boa vontade, sem coação de espécie alguma, com ardor até, com ânsia e grandes desejos; como é então que se castigam as moças que confessam não sentir mais pelos namorados amor ou coisa equivalente?

Todas as considerações que se possam fazer, tendentes a convencer os homens de que eles não têm sobre as mulheres domínio outro que não aquele que venha da afeição, não devem ser desprezadas.

Esse obsoleto domínio à valentona, do homem sobre a mulher, é coisa tão horrorosa, que enche de indignação.

O esquecimento de que elas são, como todos nós, sujeitas a influências várias que fazem flutuar as suas inclinações, as suas amizades, os seus gostos, os seus amores, é coisa tão estúpida, que só entre selvagens deve ter existido.

Todos os experimentadores e observadores dos fatos morais têm mostrado a inanidade de generalizar a eternidade do amor. Pode existir, existe, mas, excepcionalmente; e exigi-la nas leis ou a cano de revólver, é um absurdo tão grande como querer impedir que o sol varie a hora do seu nascimento.

Deixem as mulheres amar à vontade.

Não as matem, pelo amor de Deus!

27 de janeiro de 1915

## O "MUAMBEIRO"

**Q**uando saio de casa e vou à esquina da estrada Real de Santa Cruz, esperar o bonde, vejo bem a miséria que vai por este Rio de Janeiro.

Moro há mais de dez anos naquelas paragens e não sei por que os humildes e os pobres têm-me na conta de pessoa importante, poderosa, capaz de arranjar empregos e solver dificuldades.

Pergunta-me um se deve assentar praça na brigada, pois há oito meses não trabalha no seu ofício de carpinteiro; pergunta-me outro se deve votar no senhor Fulano; e, às vezes mesmo, consultam-me sobre casos embaraçosos. Houve um matador de porcos que pediu a minha opinião sobre este caso curioso: se devia aceitar dez mil-réis para matar o cevado do Capitão M., o que lhe dava trabalho por três dias, com a salga e o fabrico de linguiças; ou se devia comprar o canastra por cinquenta mil-réis e revendê-lo aos quilos pela redondeza. Eu, que nunca fui versado em coisas de matadouro, olhei os órgãos ainda fumarentos nestas manhãs de cerração e pensei que o meu destino era ser vigário de uma pequena freguesia.

Ultimamente, na esquina, veio ao meu encontro um homem com quem conversei alguns minutos. Ele me contou a sua desdita com todo o vagar de popular.

Era operário não sei de que ofício; ficara sem emprego, mas, como tinha um pequeno sítio lá para as bandas do Timbó e algumas economias, não se atrapalhou em começo. As economias foram-se, mas ficou-lhe o sítio, com as suas laranjeiras, com as suas tangerineiras, as suas bananeiras, árvore de futuro com a qual o senhor Cincinato Braga, depois de salvar o café, vai salvar o Brasil. Notem bem: depois.

Este ano foi particularmente abundante em laranjas e o nosso homem teve a feliz ideia de vendê-las. Vendo, porém, que os compradores na porta não lhe davam o preço devido, tratou de valorizar o produto, mas sem empréstimo a 30%.

Comprou um cesto, encheu-o de laranjas e saiu a gritar:

– Vai laranja boa! Uma a vintém!

Foi feliz e pelo caminho apurou uns dois mil-réis.

Quando, porém, chegou a Todos os Santos, saiu-lhe ao encontro a lei, na pessoa de um guarda municipal:

– Quedê a licença!

– Que licença?

– Já sei, intimou o guarda. Você é "muambeiro". Vamos para a agência.

Tomaram-lhe o cesto, as laranjas, o dinheiro e, a muito custo, deixaram-no com a roupa do corpo.

Eis aí como se protege a pomicultura.

7 de agosto de 1915

## PADRES E FRADES

Eu não me canso nunca de protestar.

Minha vida há de ser um protesto eterno contra todas as injustiças.

Li agora nos jornais que o senhor Venceslau Brás, que dizem ser presidente da República, consentiu que padres católicos embarcassem nos navios de guerra nossos, que vão ficar a serviço da Inglaterra. Protesto!

Eu creio (vejam que gosto sempre de falar na primeira pessoa) eu creio que o senhor Venceslau Brás deve saber a Constituição; e, se ele não sabe, muito menos eu, e tenho, portanto, o direito de fazer o que quiser. Mas sei, porque a li agora. Vejamos, senhor Venceslau Brás, o Art. 72, Seção II, "Declarações de Direitos", parág. 7: "Nenhum culto ou igreja gozará de subvenção oficial, nem terá relações de dependência, ou aliança com o Governo da União, ou dos estados".

Onde foi, portanto, Vossa Excelência, que é assessorado pela grande inteligência do Hélio Lobo, vulgo secretário da presidência, buscar autoridade para consentir que, nos navios de guerra do Brasil, embarquem padres?

Se Vossa Excelência julga que isso é uma simples assistência espiritual, tomo a liberdade de dizer a Vossa Excelência que lá tenho um parente que é simplesmente espiritista, e como tal tem direito a essa assistência, só sendo ela regularmente feita por um médium vidente da minha amizade.

Outro amigo meu, descendente de uma família hanoveriana, é luterano; eu peço que Vossa Excelência consinta no embarque de um padre luterano. Deixa Vossa Excelência embarcá-lo?

Um oficial da Marinha, das minhas relações de colégio, é positivista *enragé*. Deixa Vossa Excelência embarcar um sacerdote positivista?

Eu, senhor doutor Venceslau Brás, sou budista, e, quando embarcar, quero um bonzo ao meu lado, mesmo que seja o Pelino Guedes. O que esses padres querem é solidificar a burguesia, à custa de fingir caridade e piedade.

Mas eu fico aqui sempre com os meus protestos.

23 de março de 1918

## HOTEL SETE DE SETEMBRO

**L**i nos jornais que um grupo de senhoras da nossa melhor sociedade e gentis senhoritas inauguraram, com um chá-dançante, a dez mil-réis a cabeça, o hotel do senhor Carlos Sampaio, nas encostas do morro da Viúva. Os resultados pecuniários de semelhante festança, segundo diziam os jornais, reverteriam em favor das crianças pobres, das quais as referidas senhoras e senhoritas, agremiadas sob o título de "Pequena Cruzada", se fizeram espontâneas protetoras.

Ora, não há nada mais belo que a caridade; e, se não cito aqui um profundo pensamento a respeito, motivo é não ter ao alcance da mão um dicionário de "chapas".

Se o tivesse, os leitores veriam como eu ia além do esteta Antônio Ferro, que saltou no Cais Mauá, para nos ofuscar, com os seus trapos de José Estêvão, Alexandre Herculano e outros que tais!

Felizmente não o tenho e posso falar simplesmente – o que já é uma vantagem. Quero dizer que semelhante festa, a dez mil-réis a cabeça, para proteger crianças pobres, é uma injúria e uma ofensa, feita a essas mesmas crianças, num edifício em que o governo da cidade gastou, segundo ele próprio confessa, 8 mil contos de réis.

Pois é justo que a municipalidade do Rio de Janeiro gaste tão vultuosa quantia para abrigar forasteiros ricos e deixe sem abrigo milhares de crianças pobres ao léu da vida?

O primeiro dever da municipalidade não era construir hotéis de luxo, nem hospedarias, nem zungas, nem quilombos, como pensa o senhor Carlos Sampaio. O seu primeiro dever era dar assistência aos necessitados, toda a espécie de assistência.

Agora, depois de gastar tão fabulosa quantia, dar um bródio para minorar o sofrimento da infância desvalida, só uma coisa resta dizer à edilidade: "Passem bem!"

Um dia é da caça e outro é do caçador. Digo assim, para não dizer em latim: "*Hodie mihi, cras tibi*".

Nada mais ponho na carta. Adeus.

5 de agosto de 1922

# A BOLA EM JOGO

## MACAQUITOS

Um jornal ou semanário de Buenos Aires, quando uma *équipe* brasileira de *football*, de volta do Chile, onde fora disputar um campeonato internacional, por lá passou, pintou-a como macacos.

A cousa passou desapercebida, devido ao atordoamento das festas do rei Alberto; mas, se assim não fosse, estou certo de que haveria irritação em todos os ânimos.

Precisamos nos convencer de que não há nenhum insulto em chamar-nos de macacos. O macaco, segundo os zoologistas, é um dos mais adiantados exemplares da série animal; e há mesmo competências que o fazem, senão pai, pelo menos primo do homem. Tão digno "totem" não nos pode causar vergonha.

A França, isto é, os franceses são tratados de galos e eles não se zangam com isto; ao contrário: o galo gaulês, o *chantecler*, é motivo de orgulho para eles.

Entretanto, quão longe está o galo, na escala zoológica, do macaco! Nem mamífero é!

Quase todas as nações, segundo lendas e tradições, têm parentesco ou se emblemam com animais. Os russos nunca se zangaram por chamá-los de ursos brancos; e o urso não é um animal tão inteligente e ladino como o macaco.

Vários países, como a Prússia e a Áustria, põem nas suas bandeiras águias; entretanto, a águia, desprezando a acepção pejorativa que tomou entre nós, não é lá animal muito simpático.

A Inglaterra tem como insígnias animais o leopardo e o unicórnio. Digam-me agora os senhores: o leopardo é um animal muito digno?

A Bélgica tem leões ou leão nas suas armas; entretanto, o leão é um animal sem préstimo e carniceiro. O macaco – é verdade – não tem préstimo; mas é frugívoro, inteligente e parente próximo do homem.

Não vejo motivos para zanga nessa história dos argentinos chamar-nos de macacos, tanto mais que, nas nossas histórias populares, nós demonstramos muita simpatia por esse endiabrado animal.

23 de outubro de 1920

## DIVERTIMENTO?

**N**as segundas-feiras, quando os jornais estão frouxos, ao recebê-los pela manhã, o meu divertimento é ler neles o noticiário policial e as crônicas esportivas.

Estas crônicas, as mais das vezes, me fazem sorrir. Elas são de uma ênfase, são escritas em tom tão altaneiro e homérico que a gente lastima que escritores tão épicos não procurem assunto na guerra de Troia, na expedição dos Argonautas, na viagem de Vasco da Gama e proezas que tais.

Entretanto, eles tratam simplesmente de jogo de bola, de remar em canoas de cedro – coisas que demandam força, mas a História há de desconhecer sempre as suas vitórias e derrotas que nelas houve.

Demais, elas são escritas numa linguagem especial, com galicismos próprios e epítetos adequados.

Quando chove, por exemplo, com uma "entidade" ou, então uma "entidade máxima", quase arrebento de rir.

No noticiário policial, porém, as cousas não são assim tão risonhas; elas tomam um ar de acontecimentos da Saúde ou da falecida Gamboa.

Leio este "tópico":

> O encontro que, no campo do Botafogo, teve lugar, ontem, entre esta entidade e o São Cristóvão, caracterizou-se por uma grande desordem. Corria a partida dos primeiros *teams* dos dois clubes, entre apupos e vaias, ditos escandalosos e gestos feios, quando, num dado instante, um dos jogadores do São Cristóvão agrediu um adversário, fazendo que abandonassem o jogo ambas as *équipes* e se engalfinhassem.
>
> Os assistentes, partidários de uma e outra entidade, invadiram a arena e o conflito generalizou-se. Houve bengaladas, rasteiras, cabeçadas etc. etc. Foi preciso a intervenção enérgica da autoridade para que o rolo cessasse. A "assistência" compareceu. Não houve mortes, felizmente.

Coisa parecida se passou no campo do Bangu; coisa parecida se passou no *ground* do Fluminense; coisa parecida se passou no Inhaúma Football Clube; e por todo este vasto Rio de Janeiro se deram conflitos, alguns sangrentos, por causa do *football*.

Não foi só no Rio de Janeiro que isto aconteceu. Em Niterói, também houve uns barulhos nos *matches*.

Não quero que se acabe com semelhante jogo; como não quero que se acabe com a capoeiragem. Lastimo até o desaparecimento dos Nagoas e Santa-Ritas.

É preciso, porém, dar os nomes aos bois. Essa coisa não é divertimento, não é esporte.

Pode ser tudo, nunca isto.

Nos Estados Unidos, conta J. Huret, quando se dá o tradicional encontro entre as universidades de Yale e Harvard, os jogadores vão quase com armaduras e tomam a precaução de levar médicos, enfermeiros e boticas.

Os nossos patrícios que gostam de semelhantes justas devem seguir o exemplo dos americanos.

Seria mais lógico...

4 de dezembro de 1920

## BENDITO *FOOTBALL*

Não há dúvida alguma que o *football* é uma instituição benemérita, cujo rol de serviços ao país vem sendo imenso e parece não querer ter fim.

Com a citação deles, podíamos encher colunas e colunas desta revista, se tanto quiséssemos e para isso nos sobrasse paciência.

Não é preciso. É bastante elucidativa a enumeração de alguns principais. Um deles, senão o primordial, é ter trazido, para notoriedade das páginas jornalísticas e das festanças e rega-bofes dos césares destas bandas, nomes de obscuros cavalheiros, doutores ou não, sequiosos de glória, que, sem ele, não teriam um destaque qualquer, fosse de que natureza fosse.

Um outro é ter permitido que os trabalhadores de ofícios em que se exige grande força muscular nas pernas e nos pés, tais como: o de caixeiro de bancos, o de empregado em lojas comerciais e em escritórios, o de funcionário público, o de estudante e o de profissional do "desvio", realizassem as suas respectivas profissões com perfeição e segurança de quem dispõe de poderosos "extensores", "pediosos", "perônios", "tíbias" etc. etc.

Não falemos da gesticulação e falatório dos "torcedores" e "torcedoras", nem dos soberbos rolos que coroam partidas magistrais.

Além daqueles ótimos serviços, que citamos, prestados, pelo *football*, à pátria e à mocidade brasileira de mais de quarenta anos, falemos de um terceiro mais geral de que todos nós brasileiros lhe somos devedores: ele tem conseguido, graças a apostas belicosas e rancorosas, estabelecer não só a rivalidade entre vários bairros da cidade, mas também o dissídio entre as divisões políticas do Brasil. Haja vista o que se tem passado entre São Paulo e Rio de Janeiro e vice-versa, por causa do jogo de pontapés na bola.

O *football* é eminentemente um fator de dissensão. Agora mesmo, ele acaba de dar provas disso com a organização das turmas de jogadores que vão à Argentina atirar bolas com os pés, de cá para lá, em disputa internacional. O *Correio da Manhã*, no seu primeiro *suelto* de 17 de setembro, aludiu ao caso. Ei-lo:

> O Sacro Colégio do *Football* reuniu-se em sessão secreta, para decidir se podiam ser levados a Buenos Aires, campeões que tivessem, nas veias, algum bocado de sangue negro – homens de cor, enfim.

A Igreja fazia, fez ou faz uma indagação semelhante que tinha o nome, se a minha ignorância não me trai, de processo de *puritate sanguinis*. Isto, porém, ela fazia para os candidatos a seu sacerdócio, – coisa extraordinariamente diversa de um simples habilidoso que sabe, com mestria e brutalidade, servir-se dos pés, como normalmente os homens fazem com as mãos, para jogar bolas de cá para lá, da esquerda para adiante, de trás para frente e vice-versa. O sacerdote é o intermediário entre Deus e os homens; um futebolesco, o que é? Não sei.

O conchavo não chegou a um acordo e consultou o papa, no caso, o eminente senhor presidente da República. Sua Excelência que está habituado a resolver questões mais difíceis como sejam a cor das calças com que os convidados devem comparecer às recepções de palácio; as regras de precedência, que convém sejam observadas nos cumprimentos a pessoas reais e principescas, não teve dúvida em solucionar a grave questão. Foi sua resolução de que gente tão ordinária e comprometedora não devia figurar nas exportáveis turmas de jogadores; lá fora, acrescentou, não se precisava saber que tínhamos no Brasil semelhante esterco humano. É verdade, aduziu ainda, que os estrangeiros possuem os retratos dos nossos senadores, dos nossos deputados, dos nossos lentes e estudantes, dos nossos acadêmicos etc. etc., mas são fatos domésticos com os quais nada têm a ver os estranhos; porém, fez Sua Excelência com ênfase, numa representação nacional, não é decente que tal gente figure. É verdade que o Senado, a Câmara são, mas... isso não vem ao caso.

Concordaram todos aqueles esforçados cavalheiros que trabalham "pedestremente" pela prosperidade intelectual e pela grandeza material do Brasil; e, como complemento da medida, decidiram nomear uma comissão de antropólogos para examinar os "Enviados Extraordinários e Ministros Plenipotenciários da Pátria", ao certame de junta-pés, na República Argentina. Sabemos que de tal comissão fazem parte as grandes inteligências arianas e ilustres desconhecidos: senhores Anastácio, Zebedeu Palhano e Juliano Qualquer, doutos todos em várias cousas e também deputados federais.

A providência, conquanto perspicazmente eugênica e científica, traz no seu bojo ofensa a uma fração muito importante, quase a metade da população do Brasil; deve naturalmente causar desgosto, mágoa e revolta; mas – o que se há de fazer? O papel do *football*, repito, é causar dissensões no seio da nossa vida nacional. É a sua alta função social.

O que me admira, é que os impostos, de cujo produto se tiram as gordas subvenções com que são aquinhoadas as sociedades futebolescas e seus tesoureiros infiéis, não tragam também a tisna, o estigma de origem, pois uma grande parte deles é paga pela gente de cor. Os futeboleiros não deviam aceitar dinheiro que tivesse tão malsinada origem. Aceitam-no, entretanto, cheios de satisfação. Não foi à toa que Vespasiano disse a seu filho Tito que o dinheiro não tem cheiro.

Havia um remédio para resolver esse congesto estado de cousas: o governo retirava do doutor Belisário Pena as verbas com que ele socorre as pobres populações rurais, flageladas por avarias endêmicas que as dizimam ou as degradam; e punha-as à disposição do *football*.

Dava-se o seguinte: o *football* ficava mais rico e mais branco; e a gente de cor, de que se compõe, em geral, os socorridos por aquele doutor, acabava desaparecendo pela ação da malária, a opilação e outras moléstias de nomes complicados que não sei pronunciar e muito menos escrever.

O governo, procedendo assim, seria lógico consigo mesmo. Ilógico é querer conservar essa gente tão indecente e vexatória, dando-lhes médico e botica, para depois humilhá-la, como agora, em honra do *football* regenerador da raça brasileira, a começar pelos pés. "*Ab Jove principium...*"

Os maiores déspotas e os mais cruéis selvagens martirizam, torturam as suas vítimas; mas as matam afinal. Matem logo os de cor; e viva o *football*, que tem dado tantos homens eminentes ao Brasil! Viva!

P.S. – A nossa vingança é que os argentinos não distinguem, em nós, as cores; todos nós, para eles, somos *macaquitos*. A fim de que tal não continue seria hábil arrendar por qualquer preço, alguns ingleses que nos representassem nos encontros internacionais de *football*. Há toda a conveniência em experimentar. Dessa maneira, sim, deixávamos todos de ser *macaquitos*, aos olhos dos estranhos.

1º de outubro de 1921

## O *FOOTBALL*

**N**ão é possível deixar de falar no tal esporte que dizem ser bretão.

Todo dia e toda hora ele enche o noticiário dos jornais com notas de malefícios, e mais do que isto, de assassinatos. Não é possível que as autoridades policiais não vejam semelhante coisa.

O Rio de Janeiro é uma cidade civilizada e não pode estar entregue a certa malta de desordeiros que se querem intitular *sportmen*.

Os apostadores de brigas de galos portam-se muito melhor. Entre eles, não há questões, nem rolos. As apostas correm em paz e a polícia não tem que fazer com elas; entretanto, os tais de *footballers* todos os domingos fazem rolos e barulhos e a polícia passa-lhes a mão pela cabeça.

Tudo tem um limite e o *football* não goza do privilégio de cousa inteligente.

1º de julho de 1922

## O NOSSO ESPORTE

Quem abre qualquer um dos nossos jornais, principalmente nestes dias de centenário festejados faustosamente em meio da maior miséria, há de concluir que este nosso Rio de Janeiro não é o paraíso do jogo do bicho, a retorta monstruosa da politicagem, a terra dos despautérios municipais e de poetas.

Concluirá que é um imenso campo de *football*. Senão, vejam; os quotidianos ocupam uma ou duas colunas, em semana, com política, um cantinho com cousas de letras, algum pouco mais com as patacoadas do nosso teatro, quase nada com artes plásticas, tudo o mais de suas edições diárias, isto é, a quase totalidade da folha, enche-se com assassinatos, anúncios e *football*.

De resto, as gazetas têm razão. Vão ao encontro do gosto do público, seguem-no e, por sua vez, excitam-no. Toda a gente, hoje, nesta boa terra carioca, se não fica com os pés ferrados, ao menos com a cabeça cheia de chumbo, joga o tal *sport* ou esporte bretão, como eles lá dizem. Não há rico nem pobre, nem velho nem moço, nem branco nem preto, nem moleque nem almofadinha que não pertença virtualmente pelo menos, a um *club* destinado a aperfeiçoar os homens na arte de servir-se dos pés.

Até bem pouco, essa habilidade era apanágio de outra espécie animal; hoje, porém, os humanos disputam entre si o primado nela. Deixo a explicação desse fenômeno à inteligência e sagacidade dos sociólogos de profissão. O que verifico é que toda a nossa população anda apaixonada pela eurritmia dos pontapés e os poderes públicos protegem generosamente as associações que a cultivam.

Abram o *Diário Oficial*, lá verão, no orçamento e fora dele, as autorizações inúmeras ao governo para auxiliar com subvenções de cem, duzentos e mais contos, tais e quais ligas de "desportos", como eles, os *sportmen*, dizem, na sua comichão de vernaculismo.

As mais das vezes, essas subvenções ficam no caminho; mas, nem por isso, o Congresso deixa de auxiliar o desenvolvimento físico dos nacionais do país.

Diabo! Uma alimentação sadia, uma habitação higiênica, um bom clima agem tão eficazmente sobre o nosso organismo como umas marradas ou uns pontapés dominicais, debaixo de um sol ardente – não acham? E o dinheiro, dado para isto é mais empregado naquilo – penso eu.

A proteção dispensada ao *football* não se limita à que lhe dá o Congresso. O Conselho Municipal vai além, porque o Conselho, como toda a gente sabe, é composto do que há de mais fidalgo de sangue na nossa sociedade; e é próprio de fidalgos, tanto da Inglaterra como de Madagascar, amar toda a espécie de esporte, desde a escalada ao topo do "pau de sebo", em cuja ponta há uma grande pelega, até os *raids* de aeroplanos.

Sendo assim, o nosso Conselho Municipal derrama-se, esparrama-se, derrete-se em favores aos moços de mais de quarenta anos que se dão ao sacrifício de dar pontapés numa bola, para desenvolvimento dos respectivos *mollets* e gáudio das amas gentis que, assistindo-lhes as performances, aprendem ao mesmo tempo o calão dos bairros escusos, com cujos termos os animam nas pugnas. É verdade que essas singulares vestais dos nossos modernos coliseus, às vezes, engalfinham-se no correr da luta. É que elas têm partido: uma é pelo leão do Atlas e a outra é pelo "retiário".

Os nossos edis, tendo em conta esse aspecto de beleza do nosso *football,* isentaram-lhe de impostos, enquanto sobrecarregam os outros divertimentos de ônus asfixiantes; entretanto, uma função de *football* rende, as mais das vezes, uma fortuna, sem despesa alguma, enquanto as diversões outras...

A edilidade, porém, tem razão. Os clubes de *football* são de uma pobreza franciscana, tanto assim que há alguns que compram vitórias a peso de ouro, peitando jogadores dos contrários a contos de réis e mais...

Bem haja o Conselho Municipal que protege o desenvolvimento físico das pernas de alguns marmanjos! Ele se esquece de estimular os poetas, os músicos, os artistas naturais ou filhos adotivos da cidade que representa; mas, em compensação, dá "arras" de sua admiração pelos exímios "ponta-pedistas" de toda a parte do mundo. É mesmo essa a função de uma municipalidade.

26 de agosto de 1922

## BIBLIOGRAFIA DO AUTOR*

### ROMANCES

*Recordações do escrivão Isaías Caminha*. Lisboa: Livraria Clássica Editora, 1909.

*Aventuras do dr. Bogoloff*: Episódios da vida de um pseudorrevolucionário russo. Rio de Janeiro: Edição de A. Reis, 1912.

*Numa e a ninfa*. Rio de Janeiro, *A Noite*, 1915.

*Triste fim de Policarpo Quaresma*. Rio de Janeiro: Typ. *Revista dos Tribunais*, 1915.

*Vida e morte de M. J. Gonzaga de Sá*. São Paulo: Edição da *Revista do Brasil*, 1919.

*Clara dos Anjos*. Rio de Janeiro: Editora Mérito, 1948.

*O cemitério dos vivos*. São Paulo: Brasiliense, 1956.

### CONTOS

*Histórias e sonhos*. Rio de Janeiro: Livraria Editora de Gianlorenzo Schettino, s. d. [1920].

*Melhores contos Lima Barreto*. Seleção e prefácio de Francisco de Assis Barbosa. São Paulo: Global, 2002.

*Contos completos reunidos*. Organização de Lilia Moritz Schwarcz. São Paulo: Companhia das Letras, 2010.

*Lima Barreto e a política:* Os "contos argelinos" e outros textos recuperados. Organização de Mauro Rosso. Rio de Janeiro: PUC-Rio; São Paulo: Loyola, 2010.

---

* A presente listagem de títulos de Lima Barreto não pretendeu ser exaustiva, visto que a descrição da integralidade das edições de todos os livros do autor seria muito extensa e certamente poderia conter lacunas. Diante disso, o propósito aqui foi o de fornecer aos leitores uma relação das primeiras edições de cada um dos títulos acrescida das principais antologias de textos do autor publicados após sua morte. Permanecem como referências fundamentais os dezessete volumes das *Obras de Lima Barreto*, organizados por Francisco de Assis Barbosa com participação de Antônio Houaiss e M. Cavalcanti Proença, publicados pela Editora Brasiliense em 1956 e reimpressos em 1961.

## CRÔNICAS E SÁTIRAS

*Os Bruzundangas*. Rio de Janeiro: Jacintho Ribeiro dos Santos Editor, 1922.

*Bagatelas*. Rio de Janeiro: Empresa de Romances Populares, 1923.

*Feiras e mafuás*. Rio de Janeiro: Mérito, 1953.

*Marginália*. Rio de Janeiro: Mérito, 1953. [Esta edição traz: I – *Marginália*; II – *Impressões de leitura*; III – *Mágoas e sonhos do povo*.]

*Cousas do Reino de Jambom*: sátira e folclore. São Paulo: Brasiliense, 1956.

*Toda crônica*. Organização de Beatriz Resende e Rachel Valença. 2 volumes. Rio de Janeiro: Agir, 2004.

*Melhores crônicas Lima Barreto*. Seleção e prefácio de Beatriz Resende. São Paulo: Global, 2005.

*Antologia de crônicas*. Organização, apresentação e notas de Mario Higa. São Paulo: Lazuli, 2010.

*Antologia de artigos, cartas e crônicas sobre trabalhadores*. Edição de Antônio Faria e Rosalvo Pinto. Belo Horizonte: Fino Traço, 2012.

*Sátiras e outras subversões*. Organização, introdução, pesquisa e notas de Felipe Botelho Corrêa. São Paulo: Companhia das Letras, 2016.

## CORRESPONDÊNCIAS

*Correspondência (ativa e passiva)*. 2 tomos. São Paulo: Brasiliense, 1956.

## MEMÓRIAS

*Diário íntimo*. São Paulo: Brasiliense, 1956.

*Diário do hospício*. São Paulo: Brasiliense, 1956.

## SOBRE O AUTOR

Afonso Henriques de Lima Barreto nasceu no Rio de Janeiro, em 13 de maio de 1881. Filho de João Henriques de Lima Barreto, tipógrafo, e de Amália Augusta Barreto, professora, teve uma infância humilde e marcada pela perda precoce de sua mãe, por conta de uma grave tuberculose, quando tinha 6 anos de idade. Destacando-se nos estudos desde cedo, Lima Barreto matriculou-se na Escola Politécnica em 1897, mas teve que interromper os estudos em detrimento do agravamento da saúde mental de seu pai. Diante da inesperada situação, ingressou como funcionário da Diretoria do Expediente da Secretaria da Guerra. Negro e pobre, Lima Barreto alimentava um sonho. Em seu *Diário íntimo*, confessara: "Agita-me a vontade de escrever já, mas [naquela] secretaria de filisteus, em que me debocham por causa da minha pretensão literária, não me animo a fazê-lo".

Paralelamente à atividade na Secretaria, a partir de 1902 Lima Barreto passaria a escrever para jornais acadêmicos e revistas como *Careta*, *Fon-Fon!*, *O Malho* e *O Espelho*. Estreando profissionalmente no jornalismo em 1905 com reportagens no *Correio da Manhã*, colaborou ao longo de sua vida em vários jornais publicados no Rio de Janeiro, como *Gazeta da Tarde*, *A Gazeta de Notícias*, *Jornal do Comércio*, *Correio da Noite* e *A Noite*. Nos textos para essas publicações, Lima Barreto retratou com perspicácia e ironia as contradições de sua época, período inicial do regime republicano no Brasil, que se caracterizara por um forte militarismo.

Seus romances firmaram seu lugar na literatura brasileira, dentre os quais se destacam *Recordações do escrivão Isaías Caminha* (1909), *Triste fim de Policarpo Quaresma* (1915), *Vida e morte de M. J. Gonzaga de Sá* (1919) e *Clara dos Anjos* (publicado postumamente, em 1948). Sua prosa romanesca é fortemente embebida pela mesma verve inconformada em favor dos pobres e humildes presente em seus textos jornalísticos. Sua extensa produção como contista também mereceu o reconhecimento por parte da crítica. Dentre seus contos, tornaram-se clássicos "A nova Califórnia" (1910), "O homem que sabia javanês" (1911) e "Dentes negros e cabelos azuis" (1920).

Em duas ocasiões, em 1914 e entre o Natal de 1919 e fevereiro de 1920, Lima Barreto esteve internado no Hospital Nacional dos Alienados, no Rio de Janeiro. A segunda estada do escritor na instituição foi relatada por ele em seu livro *Diário do hospício* e também propiciou a escrita de um romance que permaneceu inacabado, *O cemitério dos vivos*. Em 1918, Lima Barreto requereu a aposentadoria de seu cargo na Secretaria da Guerra, alegando invalidez para o exercício do serviço público, pedido que seria atendido no mesmo ano. A partir de então, o escritor aumentou sensivelmente suas colaborações para jornais e revistas. Faleceu em 1º de novembro de 1922 em Todos os Santos, Rio de Janeiro, em sua casa situada na rua Major Mascarenhas, vítima de um colapso cardíaco.

## COLEÇÃO CRÔNICAS PARA JOVENS

Affonso Romano de Sant'Anna

Marcos Rey

Cecília Meireles

Marina Colasanti

Ferreira Gullar

Rubem Braga

Ignácio de Loyola Brandão

Walmir Ayala

Manuel Bandeira

Darcy Ribeiro